KB018353

평양에 언제 가실래요

박기석 朴起奭

오스트레일리아 우리말 연구소 소장으로 일하고 있으며 김일성종합대학 문학대학의 연구교수(Research Professor)로 있다. 그는 통일조국의 염원을 안고 우리말을 연구한 전문가이다. 그는 분단의 아픔을 가슴에 품고 수십 차례에 걸쳐 서울과 평양을 오가면서 실제적인 우리말을 깊이 있게 연구하였다. 저자의 한결같은 일념은 샘물과 같은 우리 민족어를 맑게 지켜내어야 한다는 것이다. 그래서 그는 지금도 남다른 고민을 하면서 우리말 연구를 계속하고 있다. 그의 주요논문과 저서로는 「민족어의 통일적 발전을 위한 토대에 대한 연구」와 「〈날개〉에 나타난 이상의 작품세계에 대한 연구」, 현시대의 가정의 문제를 교육적으로 접근하여 쓴 『The study of Preventing Divorce Beforehand』, 『샘물 같은 평양말』, 『JS-156』이 있다.

▎평양에 언제 가실래요
먼저 가본 북한땅

초판 1쇄 인쇄 2018년 4월 18일
초판 1쇄 발행 2018년 4월 27일

지 은 이 박기석
펴 낸 이 최종숙
펴 낸 곳 글누림출판사
책임편집 문선희
편   집 이태곤 권분옥 홍혜정 박윤정 추다영
디 자 인 안혜진 홍성권
마 케 팅 박태훈 안현진 이승혜

주   소 서울시 서초구 동광로46길 6-6(반포4동 577-25) 문창빌딩 2층(우 06589)
전   화 02-3409-2055(대표), 2058(영업), 2060(편집)
팩   스 02-3409-2059
전자우편 nurim3888@hanmail.net
홈페이지 www.geulnurim.co.kr
블 로 그 blog.naver.com/geulnurim
북트레블러 post.naver.com/geulnurim
등록번호 제303-2005-000038호(2005.10.5)
정가는 뒤표지에 있습니다.
ISBN 978-89-6327-513-0 03800

* 이 도서의 국립중앙도서관 출판예정도서목록(CIP)은 서지정보유통지원시스템 홈페이지(http://seoji.nl.go.kr)와 국가자료공동목록시스템(http://www.nl.go.kr/kolisnet)에서 이용하실 수 있습니다. (CIP제어번호: CIP2018010525)

평양에 언제 가실래요

먼저 가본 북한땅

박기석

글누림

머리말

"하늘은 많이 받은 자에게 많이 찾으신다"는 말이 있습니다. 필자는 해외에 살고 있다는 이유로 마음만 먹으면 언제든지 평양을 자유롭게 드나들 수 있는 특권을 누리고 있습니다. 아직 남과 북이 분단의 아픔을 고스란히 안고 살아가는 현실 속에서 평양을 비롯한 북한 땅을 자유롭게 여행할 수 없는 동포들에게 빚을 갚는 심정으로 이 책을 집필하게 되었습니다. 14년이라는 짧지 않은 세월, 45차례나 북한을 드나들면서 필자의 가슴에 첩첩이 쌓이고 쌓인 것은 책임감에 대한 부담스러운 마음과 꼭 해야 할 일을 실행하지 못했다는 죄스러운 마음이었습니다. 왜냐하면 분단 70년이라는 그 한(恨) 많은 세월 응어리진 가슴을 안고 그토록 북한땅에 가보고 싶어 하시던 우리들의 아버지 어머니 삼촌 누이들이 끝내 소원을 풀지 못하고 떠나가시는 모습이 너무 쓸쓸하고 아프고 힘들었기 때문입니다.

필자가 서울에 있다가 평양에 가든지, 평양에 있다가 서울에 가면 실감나게 느끼는 것이 있습니다. 독자들께서 이미 짐작하시겠지만 언어와 문화의 차이에서 오는 아픔입니다. 말과 문화가 근본적으로 다른 해외여행에서는 느낄 수 없는 가셔지지 않는 아픔입니다. 왜 우리 민족은 분단되어 살아가지 않으면 안 되는가 하는 질문과 탄식은 더 이상 하고 싶지 않습니다. 다만 오늘의 현실 속에서 필자가 할 수 있는 것이 있다면 그런

일을 묵묵히 하고 싶을 뿐입니다. 따라서 이 책은 남한에 살고 있는 그리고 해외에 흩어져 살고 있는 우리 동포들과 그 자녀들에게 북한 땅에 대한 이해를 돕기 위해서 쓰여진 책입니다. 그래서 쉽고도 재미있게 써 보려고 애를 썼습니다만 이 책에 대한 평가는 독자 여러분의 몫이라고 생각합니다.

그렇기 때문에 언어와 문화에 대한 이야기를 서술함에 있어서 일부러 너무 전문적인 것은 피했습니다. 그러나 현재 남한에서 떠돌고 있는 소위 평양문화어라고 하는 '엉터리 북한말'과 '학술용어 비교분석'에 대해서는 필자와 함께 공동연구집필을 하고 있는 김일성종합대학 교수들의 전문적인 평가를 받아서 서술하였다는 것을 밝힙니다. 아마도 북한말을 연구하는 분들에게는 더없이 좋은 자료가 되리라고 기대합니다. 특히 최근에 다듬은 말(식품 및 요리, 공업품, 자동차부품, 기타)은 그 어디에서도 찾아볼 수 없는 소중한 자료가 될 것입니다.

책의 제목을 "평양에 언제 가실래요"라고 정한 것은 '막연하게 언젠가는 북한에 한번 가봐야지'가 아니라 현실적으로 다가오는 통일을 바라보면서 구체적으로 북한방문의 꿈을 키워 보시라는 의미에서 그렇게 했습니다. 그리고 부제목을 "먼저 가본 북한땅"으로 정한 것은 필자가 먼저 가서 보고 듣고 느낀 것들을 이 책에 담아 앞으로 여러분들이 북한을 방문하게 될 때 이 책이 작은 길잡이가 되기를 원하는 마음에서 그렇게 했습니다.

그런데 더러는 속 시원히 다 밝히지 못하는 것도 있으니 아쉬움도 남습니다. 그러나 이 다음의 책에는 그동안 간직해 온 해묵은 비망록을 열어 묻어두었던 이야기도 거침없이 밝혀드릴 것을 독자 여러분께 약속합니다.

끝으로 변함없는 사랑으로 응원의 박수를 보내준 아내에게 이 책을 올해 맞이하는 '결혼 35주년 기념선물'로 안겨 주기를 원하며, 해외에 근무하면서 재정적으로 가장 큰 힘이 되어 준 큰아들 만세(萬歲)와 가운데 딸 찬미(讚美), 막내아들 의국(義國)이와 함께 기쁨을 나누고 싶습니다.

한편, 10년이 넘는 세월 함께 했던 김일성종합대학 대외사업부 부장 리영희 선생과 필자의 스승인 김영황 교수 박사 원사 선생께 깊은 감사를 드립니다. 그리고 태형철 총장 선생을 비롯한 문학대학 학장 신영호 선생, 강좌장 박길만 선생에게 감사를 드립니다.

2017년 9월
함경북도 명천군 보촌리(해칠보) 민박집에서
박기석

가까이에서 본 려명거리 아파트

독특하고 현대적인 평양의 건축예술품

1. 녹색의 참신한 려명거리

려명거리에는 각종 상점과 식당, 영화관, 호텔, 우체국, 세탁소, 옷수리소, 구두수리소 등 주민들의 생활 편의를 도모하는데 직접 이바지하는 갖가지 시설들이 있다. 이런 서비스 시설은 예전에 찾아보기 힘든 눈부신 발전상이라고 볼 수 있다. 특히 어린이들이 뛰어놀 수 있는 아동공원과 배구장, 배드민턴 경기장, 롤러 스케이트장의 면적만 총 5만7000㎡에 달한다. 도로도 인민들의 생활에 편리하게 특색 있게 형성되어 있다. 거리의 중심축을 이루는 기본도로의 옆에는 살림집 구획안의 봉사망들과 이어진 또 하나의 도로가 뻗어 있다. 봉사용 물자를 실은 자동차들이나 드나들 수 있게 뒤의 도로만 내주던 지난 시기의 거리형성방법과는 달리 거리의 앞쪽에도 봉사망과 연결된 도로들이 있어서 사람들이 차를 타고 들어와 이용할 수 있게 되어 있다.

려명거리에는 하늘 위에 두둥실 떠있는 아름다운 꽃송이를 방불케

하는 세 동의 원형건물이 있고 려명거리가 녹색형 거리임을 알려주는 문주마냥 거리입구에 특색 있는 건축형식을 가지고 있어서 장식 벽띠들이 채광창을 사이에 두고 원형으로 묶어져 이루어진 건물의 외벽은 얼핏 보기에도 피어나는 꽃송이를 연상케 한다. 외벽과 지붕은 전면 창과 채광창으로 이루어져 있어 건물 안에는 아침부터 저녁까지 언제나 밝은 태양빛이 흘러넘친다. 게다가 태양빛이 흘러들지 못하는 부분에는 태양빛유도조명장치가 설치되어 있어 건물의 어디를 둘러보나 태양빛이다. 결국 태양빛을 이용한 조명과 난방 에너지 활용률은 매우 높은 수준이다.

려명거리 낮과 밤의 전경

2. 책을 펼쳐 놓은 모양의 김일성종합대학 교수 아파트

김일성종합대학 교수 아파트

새 집들이가 시작된 2014년 12월 어느 날, 평양의 룡흥네거리는 명절처럼 흥성거렸다. 김일성종합대학 교원(교수)들은 새 집으로 들어서면서 하나같이 감격과 환희로 즐거워하였다. 수도의 명당자리에서 문명한 생활을 마음껏 누리게 되었다고 필자가 아는 한 교수 선생은 만면에 웃음을 지으며 떨리는 목소리로 소감을 밝혔다. 이삿짐을 함께 나르는 대학의 일꾼들과 교수들, 학생들 그리고 그들의 가족들은 어린아이들처럼 한결같이 북받치는 격정을 참지 못했다.

학자(과학자)를 상징하는 펜 모양의 조형물

3. 미래과학자거리

〈위〉미래과학자거리 〈아래〉미래과학자거리의 야경

과학기술전당 앞에서 필자

모란봉에서 바라 본 창전거리

4. 창전거리

창전거리는 대동강과 모란봉 사이에 있는 아파트단지로 2012년에 6월에 입주를 시작하였다. 아파트 앞쪽에는 잘 알려진 옥류관과 옥류약수터가 있다.

옥류관도 창전거리가 세워질 즈음, 이전의 건물을 그대로 살리면서 실내장식과 외부의 일부를 새롭게 고치고 단장하였다.

국수는 북한 사람이면 누구나 좋아하는 전통적인 민족음식의 하나이다. 뛰어난 맛과 고상한 민족적 향취로 다채로운 우리나라 여러 지방의 국수 가운데서도 으뜸가는 것이 '평양냉면'이다. 민족의 고전 『동국세시기』에 의하면 "메밀국수를 무김치와 배추김치에 말고 돼지고기를 넣은 것을 냉면이라 한다."고 하였으며 『해동죽지』에서는 관서지방(평안도)의 국수가 제일 좋다고 하였다. 이것은 평안도지방 특히 평양지방의 냉면이 예로부터 가장 유명한 국수였음을 말해주고 있다.

평양냉면은 가늘고 질긴 국수오리에 시원하면서도 달고 새큼한 국물 맛이 잘 어울리어 뒷맛을 감치게 하는 특징을 가지고 있다. 이 냉면은 지방별, 계절적 특성과 함께 국수오리, 양념, 고명, 향료감이 조화롭게 결합된 특색이 있다. 특히 육수 맛이 감칠맛이 나면서도 시원하고 향기가 진하여 민족음식의 고유한 전통을 그대로 살리고 있다. 무더운 여름철이면 시원한 배와 오이를 얇게 썬 것과 삶은 꿩고기, 계란부침을 올려놓고 얼음을 박은 국수를 으뜸으로 여기고 추운 겨울에는 따끈한 고기국물에 양념과 고기를 넣은 것을 특별히 으뜸으로

〈위〉옥류관의 야경 〈아래〉옥류관 실내에 있는 벽화

〈위〉옥류관의 봉사원들 〈아래〉옥류관 식사칸

평양냉면

쳐준다. 평양냉면하면 필자에게는 잊지 못할 일화가 있다. 수년 전의 일이긴 하지만 아직도 생생하게 기억이 난다. 평양에 가기 위해서 중국 선양에서 하룻밤을 묵을 때이다. 저녁이 되어 숙소 주변에 있는 조선족이 운영하는 식당에 갔는데 필자가 식사하고 있는 건너편 테이블에 매우 낯익은 인물이 식사를 하고 있었다. 기억을 더듬어봤지만 도무지 생각이 나질 않았다. 필자가 식사를 마칠 때쯤 되어 건너편에서 식사를 하는 일행이 자리에서 일어나기에 다가가서 물었다. 그는 다름 아닌 북에서 남한으로 소위 탈북해온 유명인사였다. 그가 그 식당에서 식사를 하게 된 사연은 그가 어릴 적에 먹었던 평양냉면의 그 맛을 도무지 잊을 수 없어서 중국 선양에 일이 있어서 온 김에 위험을 무릅쓰고 건너편에 있는 북한식당으로 사람을 보내서 평양냉면을 배달시켜 먹고 일어나는 참이었다. 이렇게 어릴 때 먹던 음식에 맛을 들이면 좀처럼 잊지 못하는 것이 우리네들인 것 같다. 이제는 필자도 평양냉면의 맛에 빠져 헤어날 수가 없게 되었다.

최근 북한에서 일어난 획기적인 사업들

1. 평양시간

일제에 빼앗겼던 시간을 되찾아 온 평양시간은 주체성과 민족성이 깃든 역사적인 결정이었다.

과거 조선을 침략한 일제는 우리나라의 귀중한 문화적 재보와 천연자원, 말과 글, 민족의 한 사람 한 사람의 성과 이름까지 빼앗다 못해 나중에는 시간까지 강탈하였다. 우리 선조들은 예로부터 시간에 대한 올바른 개념을 가지고 여러 가지 시간 측정기구를 가지고 고유한 우리 시간과 역법을 제정해 썼다. 고대와 중세에는 하루를 12등분으로 나눈 12시간제를 썼는데 지금의 23-1시를 자(子), 1-3시를 축(丑), 3-5시를 인(寅), 5-7시를 묘(卯), 7-9시를 진(辰), 9-11시를 사(巳), 11-13시를 오(午), 13-15시를 미(未), 15-17시를 신(辛), 17-19시를 유(酉), 19-21시를 술(戌), 21-23시를 해(亥)라고 불렀다.

삼국시기에는 태양의 위치에 따라 시간을 재는 기구인 해시계를 만

〈위〉평양역 시계탑(2015년 8월 15일 0시) 〈아래〉서울역 시계탑

들어 썼으며 이에 따라 정확한 역서도 제정해 썼다. 고려시기에는 1025년 3월 왕이 명령을 내려 백성들이 쓰는 역서(음력)를 만들었고 조선시대에는 1398년 자동적으로 종을 치는 물시계(경루)를 경복궁 안에 설치하고 시간을 보도하였다. 1434년에는 장영실이 자격루를 제작하여(경회루 앞)에 설치하였다. 우리 선조들은 해시계를 하루하루의 시간을 정확히 아는 데만 이용하지 않았으며 이것에 따라 절기와 일련의 천문학적 값들을 알아내는 관측수단으로도 이용 하였다. 그리고 해시계 재기의 정확성을 높이기 위하여 15세기 전반기에는 막대기의 표준길이도 1.6m로부터 8m로 더 길게 한 해시계를 간의대(당시의 천문기상관측대) 위에 설치하였다.

1423년(세종 5년)부터는 태양의 남중을 정확히 관측하여 태양시를 측정하였다.

또 말을 타고 가면서도 쓸 수 있는 해시계인 천평일구, 반구면(오목) 눈금판평해시계인 앙부일구와 정남일구 등을 만들어 썼으며 1550년에는 해 그림자가 아니라 보름달 그림자를 재는 원리의 시계, 달시계까지도 창안하였다. 이렇게 우리 선조들은 예로부터 태양을 기준으로 한 태양시를 썼다. 이런 역사와 전통을 가지고 있는 슬기로운 우리 국민이 1873년에 와서야 처음으로 태양시를 쓰기 시작한 미개한 일제에게 자기의 표준시를 빼앗긴 데는 그들의 고의적이고 계획적이며 교활한 면이 은폐되어 있었다.

하지만 세월이 아무리 흘러도 조선의 표준시를 빼앗은 일제의 범죄적 행동은 그 무엇으로도 가릴 수 없다. 그러면 일제가 우리 표준시를 어떻게 일본표준시에 맞추어 놓았는가? 우리나라는 국제적인 시경대로 볼 때 8경대와 9경대 사이에 위치해 있다. 시경대에 의한 시간 즉 세계시간은 1878년 캐나다의 철도기사 플레밍이 국제천문학회에 '경대시'를 사용할 데 대하여 제기한 후부터 논의되어 오다가 1884년 10월 미국 워싱턴에서 진행된 국제회의에서 정식 결정하였다. 그 회의에서 26개 나라 대표 41명 중 22개 나라 대표들의 찬성으로 10월 13일에 7개 결의안이 채택되었다. 그중 한 결의안에 따르면 영국의 그리니치 천문대를 지나는 자오선을 세계기준자오선 0도로 하고 그 위에 태양이 떠있을 때를 세계표준시 12시로 정하게 되었다. 세계는 24개의 시경대로 나누며 각 나라의 표준시는 세계적으로 통일시키기 위하여 그리니치로부터 몇 번째 시경대에 위치하고 있는가에 따라 1시간 혹은 30분의 차를 둔 자오선의 시간을 쓰게 되었다. 그러나 어떤 나라들은 자기 나라에 실정에 맞게 수도나 그에 가까운 지역의 자오선을 기준으로 표준시를 정하고 있으며 날짜바꿈선도 일률적으로 180도 선상에 직선으로 되어 있지 않고 나라별 경계선에 따라 그어져 있다. 우리나라에서는 기본적으로 동경 127도 30초 위에 태양이 올 때 정오 12시로 고정시키었다. 고종황제의 지시에 따라 1884년 음력 윤 5월 20일부터 정오에 금천교에서 대포를 쏘아 포 소리로 시간을 알리었다. 이것을 "오포"라고 하였는데 오포는 수도에 뒤이어 각 도소재지들에서 쏘아 나라의 시간을 통일시켰다.

그런데 일제는 을사5조약이라는 허위문서를 날조하여 조선의 외교권을 강탈해 가고 1906년부터 조선에 있는 저들의 모든 출장소들에서

서울역 광장

일본시간(도쿄시간)을 쓰게 하였다. 이러한 형편에서 조선정부는 1908년 2월 7일 황제 칙령 제5호를 발포하여 1908년 4월 1일부터 동경 127도 30초를 기준 자오선으로 하는 표준시간을 쓰는 것을 법적으로 확정했다. 이에 대하여서는 『순종실록』 자료에 명백히 실려 있다. ≪황성신문≫ 융희2년 2월 13일자에 실린 칙령내용을 보면 다음과 같다. "종래에 늘 쓰던 서울시간은 영국 그리니치천문대 자오선의 중심을 기본으로 한 동경 127도 30초의 평균시로서…표준시를 정한다. 부칙 본령은 융희2(1908)년 4월 1일부터 시행한다." 동경 127도 30초 기준시간은 영국 그리니치보다 8시간 30분(8.5경대시) 빠르다.

그런데 일제는 조선을 억지로 점령한 다음 광산과 토지, 문화유산 등 모든 것을 강탈하는 것과 함께 시간까지도 말살하였다. 일제는 1911년 11월 16일 *조선총독부고시* 제338호로 1912년 1월 1일부터 조선표준시를 우리나라의 영토와는 멀리 동쪽에 치우쳐 있는 동경 135도위에 태양이 올 때인 일본표준시 12시에 일치시켜 놓고 일본시간을 이용하도록 강요하였다. 이렇게 우리의 시간을 제멋대로 없애버린 일제는 뻔뻔스럽게도 *(조선에 대한)통치상의 장애가 있기 때문에 내선표준시의 통일이 필요하다.*고 선전하였다. 이에 대하여서는 조선총독부에서 발행한 *시정25년사*(185페이지)와 *시정 30년사*(82페이지)에 밝혀져 있다. 일본이 조선통치를 미화분식하고 자화자찬한 이 도서에서 일제는 조선시간을 없애는 것을 당연한 것으로 여기면서 *내선표준시의 통일*이라는 제목하에 다음과 같이 서술하였다.

*명치 39년(1906년) 6월 2일 이래 반도에 있어서 일본제국의 여러

초저녁의 평양역 광장

관청만은 일본시간을 사용하고 명치 41년(1908년) 4월 1일 이후에는 반도에 있어서 일한양국관청은 다 같이 중앙(일본) 표준시에 대하여 30분이 시차를 두고 표준시로 하였으나 병합 후 내지와의 관계가 극히 밀접해지고 상호교통(왕래)이 빈번해짐에 있어서 이것을 통일할 필요성을 인정하여 명치 45년(1912)년 1월 1일부터 조선표준시는 중앙표준시에 의거하도록 하였다. 1933년(소화 8년) 11월에 일본에서 발행된 히라야마 기요슈꾸(당시 도쿄대학교수)가 집필한 도서 『역법과 시법』(152페이지)에도 "…조선에서는 명치 44년(1911년)까지 동경 127도 30초 자오선의 시간을 써왔지만 명치45년(1912년)부터 중앙(일본)표준시를 사용하도록 하게 하였다."고 서술되어 있다. 일제가 우리 시간을 빼앗은 기본 목적은 조선에 대한 착취와 약탈을 보다 쉽게 하며 우리 민족을 영원히 노예화하려는 데 있었던 것이다. 시간은 인간생활과 밀접히 연관 되어있다. 일제는 조선의 시간이 자기들이 쓰는 시간과 같아야 지령(훈령)을 비롯한 모든 것을 원활하게 시행할 수 있으며 특히 조선사람, 조선민족을 일본인으로 동화시키자면 시간의 일치성을 보장하여야 한다고 간주하였다. 일제는 조선역서도 1912년부터 자기들이 만들어 썼으며 우리나라의 라디오 방송에서 알리는 시보 '삑 삑 삑 뼁' 신호도 도쿄천문대에서 측정한 시각을 일본에서 늘여 놓은 해저선을 통하여 보내도록 하였다. 그리하여 우리나라에서는 1912년부터 동경 135도 기준 일본시간을 쓰게 되었다.

우리나라에서 양력을 쓰기 시작한 1896년부터 1911년까지의 춘분과 추분의 해 뜨는 시간이 6시 00분(동쪽)이고 정오가 12시 00분(남쪽),

해지는 시간이 18시 00분(서쪽)이던 것이 1912년부터는 각각 30분이 앞당겨져 각각 6시 30분, 12시 30분, 18시 30분으로 되게 하였다. 일제는 이렇게 우리 시간까지 빼앗고 식민지 예속화 정책을 감행하였으며 대륙침략전쟁을 도쿄에서 같은 시간으로 지휘하였다. 특히 일제는 '내선일체', '동조동근'을 부르짖으면서 조선사람에게 일본시간에 맞추어 아침마다 일제의 황거(궁성)을 향하여 일본 천황에게 절을 하는 '궁성요배'를 강요하였다. 1915년 8월에는 조선총독부총령 제82호로 '진쟈사원규칙'을 발포하고 그에 따라 진쟈사원, 진쟈(일본귀신의 집이라는 뜻)을 도처에 만들어 놓고 양력설을 비롯한 중요시기에 찾아가 참배하도록 하였다. 또한 집집마다. 일본 귀신이 들어있다는 '가미다나'를 걸어 놓게 하고 아침저녁 절을 하도록 강박하였으며 낮 12시 고동이 나면 하던 일이나 발걸음을 멈추고 서서 고동이 끝날 때까지 1분간 동쪽(일본)을 향하여 묵도하도록 강요하였다. 이렇게 일제는 우리 국민을 '황국신민화'하여 민족자주의식을 말살하려고 하였다. 실로 일제는 침략적인 행동으로 말미암아 조선의 넋과 얼을 무참히 유린하였다. 역사를 돌이켜보면 일제와 같이 남의 말과 글은 물론 민족 한 사람 한 사람의 성과 이름, 나라의 시간까지 빼앗으면서 그 나라의 국민을 저들의 영원한 식민지로, 노예로 만들려고 수단과 방법을 다 동원하였다.

이에 북한에서는 2015년 8월 15일 0시를 기점으로 하여 일본에게 빼앗겼던 시간을 되찾아 와 사용하기 시작하였다. 해방 70돌과 일제 패망 70년을 맞으며 그것을 되찾은 것은 우리 겨레에게 있어서 그야말로 가슴 후련한 역사적사건인 동시에 실로 뜻깊은 의미를 가지는 것이다. 2015년 8월 15일 평양의 새날은 뜻 깊게 시작되었다. 북한 정부에서는 동경 127도 30분을 기준으로 하는 시간을 표준시간으로 정하고 이날부터 적용하기로 결정하였다. 북한에서 현재까지 사용해 오던 시간제를 버리고 평양시간을 명명한 것은 일제의 잔재를 씻어내 고 민족의 자주권을 굳건히 수호해 나가는 민족사에 특기할 역사적 사건이라고 할 수 있겠다. 역사 속에 흐르는 종전시간 8월 14일 24시 와 평양시간 8월 15일 0시 사이에 남는 30분간은 종전시간 8월 15일 0시부터 0시 30분으로 하며 모든 시계들의 시간을 종전시간 8월 15 일 0시 30분에 '평양시간 8월 15일 0시'로 맞추도록 하였다. 파란 많 은 민족 수난의 역사에 종지부를 찍고 근본적인 전환을 가져온 해방 의 날을 앞둔 평양의 밤은 잠들 줄 몰랐다. 정각 0시. 평양천문대의 국가표준시계에 맞추어 해방 후 첫 새해를 맞는 주민에게 해방의 감 격을 더해주던 '평양종'의 은은한 종소리가 울리었다. 역사적인 이 순 간 인민대학습당 시계탑과 평양역 시계탑에서는 북한의 시간, 평양시 간의 첫 시계 종소리가 새날을 알리었다. 동시에 전국의 모든 공장, 기관들과 기차, 배들에서 울리는 고동소리가 하늘땅에 울려 퍼지는 감격스러운 순간이었다.

2. 아시아의 스위스 세포등판

세포등판은 북한 강원도 세포군, 평강군, 이천군에 이어지는 대규모 고원지대이다. 세포등판의 남북의 길이는 약 27km, 동서의 길이 6km 이며 해발높이는 540~650m이다. 세포등판은 추가령지구대가 형성된 후 제4기 중세에 성산, 검불랑 일대에서 흘러나온 현무암이 덮이어 이루어진 현무암 대지이다. 이 대지는 성산을 중심으로 남쪽과 북쪽으로 가면서 느리게 비탈져 있다. 세포등판은 삼방(세 방향)에서 들어오는 바람이 남쪽으로 통과하는 자리에 있어 매 계절 센 바람이 분다. 비와 눈도 많이 오니 비포, 눈포, 바람포의 세포라 불리기도 했다. 원래 세포(洗浦)란 지명 유래는 고려 태조 왕건의 공격을 피하여 철원에서 달아나 원남리 근방에 이르렀던 궁예가 많은 사람들을 죽이고 피 묻은 칼을 개울가에서 씻었는데 그 개울을 '씻개'라고 부른다. 해방 전 이 지역은 대부분 황무지이었고 부대기(화전) 농사나 숯구이를 하던 사람 못 살 고장으로 소문났었다. 일제침략자들은 세포등판에 군사기지와 군마장을 설치하고 침략전쟁준비에 매진하는 한편 군대부식물을 보장하기 위한 싱기리공장(무를 썰어 말리우는 공장)을 차려 놓고 이 고장 주민들을 가혹하게 착취하였다고 한다.

1980년대에 해외동포들이 보내 온 80마리의 소를 시작으로 2012년 9월 22일 세포등판을 개간하여 대규모축산기지로 변화시킬 데 대한 방침을 정부가 제시하였다. 세포지구 축산기지의 풀판 면적은 세계적으로 유명한 뉴질랜드 최대목장 마운트 펨버 스테이션(Mt. Pember Station)의 2

〈위〉 세포등판의 풀벌(초원) 〈아래〉 세포등판과 축사

〈위〉세포등판에서 풀을 뜯는 양떼들 〈아래〉세포등판에서 풀을 뜯는 소떼들

배에 달하는 5만여 정보이다.

현재 세포등판에는 4만 정보의 자연적인 풀판과 1만 정보의 인공적인 풀판, 방풍림, 저수지, 수백 동의 축사, 20여 동의 축산물가공기지, 1천세대의 주택들이 건설되었으며 소, 양, 염소, 토끼, 돼지 등 여러 종류의 집짐승(가축)들을 수만 마리나 키우고 있다. 또한 천수백 킬로미터의 도로도 새로 건설되었다. 김일성종합대학과 국가과학원, 원산농업종합대학의 과학자, 기술자들은 풀판 관리와 가축사양관리, 축산물생산과 수의방역대책 등 세포지구 축산기지의 모든 생산 및 경영활동을 하나로 조성하는 통합생산관리체계를 구축하고 운영을 하고 있다. 세포등판에서의 고기생산목표는 2017년부터 단계적으로 끌어올려 2020년에 연간 1만 톤을 생산할 계획이다.

3. 중앙동물원과 자연박물관

평양의 대성산기슭에 자리 잡고 있는 중앙동물원이 시민들의 문화휴식터로 2016년 7월 25일 개건 준공되었다. 연건축면적이 14만여 제곱미터에 달하는 중앙동물원은 자연박물관과 본관, 수족관을 비롯한 건물들을 새로 건설하고 수많은 운영건물들도 현대적으로 꾸리는 방대하고 실속 있는 공사였다. 2016년 한 해에 들어와서만도 40여 종의 수생동물(물에서 사는 동물)들이 들어왔는데 무게가 13kg에 달하는 덩치 큰 문어와 황금괴또라지, 방어, 줄돌도미, 대서양련어, 열묵어, 신강큰송어를 비롯한 보기 드문 수생동물들이 이곳 수족관에서 새살림을 폈다.

중앙동물원 입구는 백두산 호랑이를 형상하였고 파충류들이 있는 파충류관은 커다란 거부기(거북이)가 고개를 쳐든 모습을 형상화하였다. 시민들에게 훌륭한 문화휴식공간인 중앙동물원은 멀리에서 보아도 어떤 동물사인지 한눈에 알아볼 수 있게 독특하게 건설하였다. 시공된 파충관과 원숭이관, 맹수사, 코끼리사, 기린사, 작은말사를 비롯하여 40여 개의 동물사들이 주변경치와 어울리게 건설되었다. 중앙동물원 안에는 연건축면적이 3만5,000여 제곱미터에 달하는 종합적인 자연박물관도 있어서 자연에 대한 올바른 이해와 폭넓은 지식을 얻을 수 있게 우주관, 고생대관, 중생대관, 신생대관, 동물관, 식물관, 선물관 등과 전자열람실, 과학기술보급실까지 갖춘 시민교양 및 과학연구보급기지이며 문화 휴식 장소이다.

백두산호랑이를 형상화한 덩치 큰 본관 출입문

조선의 국조 참매

중앙동물원 안에 있는 자연박물관

　필자가 중앙동물원에 갔을 때 눈에 띄는 것은 서울에서 보내 온 '조선범'과 '진돗개'이었다. 그리고 동물원에 온 주민들은 어린아이처럼 마냥 즐거워하는 것이 남이나 북이나 다르지 않았다.

서울대공원에서 기증한 조선범(호랑이)

〈위〉중앙동물원의 기린 〈아래〉진돗개

중앙동물원에서 여가를 즐기는 북한 주민들

4. 눈에 띄는 국산품

최근 몇 년 사이에 북한에서 달라진 것이 있다면 상점에 즐비하게 진열되어 있던 중국 상품이 하나 둘 사라져 간다는 사실이다. 가장 대표적인 것이 맥주라고 한다. 평양에는 대동강맥주를 비롯하여 룡성맥주, 봉학맥주가 있는데 중국의 맥주를 완전히 밀어냈다고 한다.

그런데 대동강맥주에는 상표에 번호가 붙어 있다. 술을 안 마시는 필자는 잘 모르지만 항상 같이 다니다시피 하는 한 선생은 대동강맥주 중에서도 '2번 금딱지 맥주'를 찾는다. 자료를 찾아보니 대동강맥주에 대한 자세한 설명이 되어 있어서 여기에 옮겨 본다. "1번 맥주는 4.5%의 알코올에 100%의 보리길금(맥아)으로 만들었으며 보리길금은 향이 짙고 맛이 적당하여 진한 맛을 좋아하는 소비자들의 기호에 맞는 맥주이다. 2번 맥주는 5.5%의 알코올에 70%의 보리길금과 흰쌀 30%를 배합하여 만들었으며 맛이 연하고 깨끗하며 거품성이 좋은 기본 품종의 맥주로써 소비자들의 호평이 매우 좋다. 3번 맥주는 5.5%의 알코올에 50%의 보리길금, 50%의 흰쌀을 배합하여 만들었으며 흰쌀의 깨끗하고 상쾌한 맛과 보리길금의 부드러운 맛 그리고 쓴맛이 조화롭게 배합되어 유럽과 아시아의 맥주 품격을 다 같이 갖춘 맥주이다. 4번 맥주는 4.5%의 알코올에 30%의 보리길금, 70%의 흰쌀을 혼합하여 만든 맥주로써 고유의 맛을 가지면서도 흰쌀의 향미, 깨끗한 맛이 잘 어울리기 때문에 주정과 쓴맛이 낮을 것을 요구하는 소비자들의 기호에 맞는 맥주이다. 여성용으로 개발된 5번 맥주

대동강맥주

는 100%의 흰쌀, 4.5%의 알코올과 적당한 양의 보리길금을 배합하여 만든 맥주로써 색이 매우 연하고 거품이 좋으면서도 흰쌀 고유의 향미와 호프 맛이 조화롭게 어울린 특이한 맛을 가진 것으로 여성들의 기호에 특별히 맞는 맥주이다. 흑맥주인 6번과 7번은 진한 보리길금에 흰쌀을 넣어 만든 맥주이다. 알코올 함량이 6%로서 제일 독한 대동강맥주인 6번은 커피 향을 첨가한 흑맥주로써 맛이 진하고 풍부하며 강한 커피 향과 높은 주정, 쓴맛을 가진 전형적인 흑맥주이다. 초콜릿 향을 첨가한 흑맥주인 7번 맥주는 기본 맛이 연하고 상쾌하면서도 진한 초콜릿 향과 부드러운 쓴 맛의 흑맥주로써 소비자들로부터 대단한 호평을 받고 있다.”

하루는 날을 잡아서 상점에 진열되어 있는 상품의 이름을 적어 보았다. 거기에는 남과 북의 말을 연구하는 필자 나름대로 생각이 있었다. 북한에서는 상품의 이름을 지어서 부를 때 순 우리식으로 표기를 하기 때문에 상품이름을 살펴보는 그 일 자체가 흥미로운 일이다.

이제 북에서 본 상품이름을 낱낱이 늘어놓아 보겠다.

강냉이 튀기, 강정, 농마 가루, 단물, 도마도장, 띄운 콩, 백합과자,
바삭과자, 분탕, 설기 떡, 신젓단물, 알사탕, 젖사탕, 졸임, 즉석국수

다음은 문구류와 가정용품과 기타 생활용품에 대하여 붙인 상품 이름들이다.

구멍기, 누름못, 도장즙, 량면반찬고, 서류매개, 서류매개알, 수정

47

즉석국수(라면)

〈위〉분탕(당면) 〈아래〉바삭과자(비스킷),

〈위〉요구르트, 샘물, 케피르 〈아래〉입종이(티슈) & 종이손수건(물티슈)

상점에 진열된 신발들

테프, 수정펜, 접속구, 종이끼우개, 테프자르기, 학습장, 물주리, 주패, 각얼음보온통, 고압가마, 남비, 다반, 보온물병, 볶음판, 소랭이, 수지밥곽, 아동물병, 얼음분쇄기, 유리가마, 전기밥가마(남에서 말하는 '솥'을 북에서는 '가마'라고 부른다), 주방도구조, 차보온병, 차주전자

다음은 화장품에 붙인 이름이다.

눈등분, 머리고착제, 면도후 살결물, 몸물비누, 물비누, 물종이, 위생대(생리대), 위생종이(화장실용 휴지), 입종이, 입종이받치개, 주름방지크림, 해빛방지크림(썬크림)

화장품과 향수

속도전의 결과물

　북한에서는 어떤 일을 할 때 속도를 중요하게 생각한다. 그래서 정해진 기간 안에 일을 마무리하기 위해서 속도전을 벌인다. 여기에 2012년부터 2016년까지 5년 동안에 속도전을 통하여 이룩한 북한의 건축물을 간략하게 소개해 보겠다. 2012년은 단숨에 속도, 2013년은 마식령 속도, 2014년은 조선속도, 2015년은 평양속도, 2016년은 만리마 속도라는 이름으로 속도전을 벌였다. 그래서 70일 전투, 150일 전투, 200일 전투 등을 통하여 결과물을 전투적으로 이룩해낸다.

1. 2012년 단숨에! 속도, 결과물

〈위〉200일 전투 알림판 〈아래〉만리마속도 현수막

〈위〉인민극장1 〈아래〉인민극장2

〈위〉룽라 물놀이장 〈아래〉룽라 인민유원지

〈위〉창전거리살림집(아파트)
〈아래〉류경원(건설 중인 사진이지만 현재는 완공되었다. 위치는 동평양대극장 옆이다)

〈위〉 인민야외빙상장(스케이트장)
〈아래〉 평양산원 유선종양연구소(유방암연구센터)

2. 2013년 마식령속도 결과물

〈위〉조국해방전쟁승리기념관 〈아래〉은하과학자거리 여기에는 1,000여 세대에 달하는 살림집들과
병원, 학교, 유치원, 각종 편의봉사시설들이 있다.

〈위〉2013년 10월 15일 준공된 문수물놀이장 〈아래〉2013년 10월 13일에 개원한 옥류아동병원은 6층으로 되어 있으며 각종 치료 및 수술실, 입원실이 있고 위급환자를 위한 헬기착륙장까지 있다.

〈위〉10월 13일에 개원한 류경치과병원 〈아래〉2013년 10월 25일에 문을 연 미림승마구락부

〈위〉종합대학 교육자살림집은 1호동 36층과 2호동 44층으로 되어 있다. 〈아래〉마식령스키장은
2013년 12월 31일에 개장하였다. 해발 1,360여 미터의 대화봉 정상으로부터 10개의 주로가 있다.
마식령스키장은 마식령속도의 대표적인 결과물이다.

3. 2014년 조선속도의 결과물

〈위〉김정숙평양방직공장 로동자합숙소 〈아래〉5월1일 경기장개설은 2014년 10월 28일 준공되었다. 여기에는 15만 석의 관람석과 축구장과 육상주로, 예비운동실, 선수들의 침실, 감독실, 심판원실, 검사등록실 등이 있다.

〈위〉송도원국제소년단야영소 〈아래〉고산과수농장

〈위〉고산과수농장 〈아래〉김책공업종합대학 교육자살림집(교수 아파트)

〈위〉 연풍과학자휴양소
〈아래〉위성과학자주택지구 수십 동의 살림집과 학교, 병원, 과학연구기지들이 있다.

평양육아원과 애육원이 2014년 10월 27일에 준공되었다.

4. 2015년 평양속도의 결과물

〈위〉평양시 버섯공장 〈아래〉평양시 버섯공장내부

〈위〉 평양국제비행장 항공청사 〈아래〉 평양시 사동구역 장천남새(채소)전문협동농장 토벽식 박막 온실과 궁륭식 연동온실들이 있다.

〈위〉2015년 8월 7일에 준공된 평양양로원 〈아래〉백두산영웅청년발전소

〈위〉미래과학자거리는 조선의 과학중시, 교육중시, 인재중시 사상을 직관적으로 보여주는 특색 있는 거리로 교육자, 과학자들의 살림집이다. 〈아래〉라선시 선봉지구 백학동 살림집들 1,300여세대의 살림 집들과 탁아소, 유치원, 종합편의봉사시설 등이 있다.

〈위〉평양메기공장2015년에 1,800여 톤의 메기를 생산하였다. 〈아래〉평양어린이식료품공장

〈위〉원산구두공장 〈아래〉새로 개설한 만경대학생소년궁전

5. 2016년 만리마속도의 결과물

〈위〉과학기술전당 〈아래〉금컵체육인종합식료공장

〈위〉완성되기 전의 려명거리 건설현장모습 〈아래〉중앙동물원과 자연박물관

조선의 그랜드 캐니언 칠보산

　　고려시기부터 '관북 금강'이라고 이르는 칠보산은 함경북도 어랑단으로부터 화대군 무수단까지 근 640평방킬로미터의 자리를 차지하고 북으로는 경성에 흘러드는 명간천 및 어랑천과 남서쪽으로는 동해로 흘러드는 화대천을 경계로 내륙과 떨어져 해안가에 고립된 산이 바로 칠보산이다. 칠보산은 행정구역상 함경북도 명천군을 기본으로 화대군, 명간군, 어랑군의 일부에 자리 잡고 있으며 지도좌표로는 동경 129도 32초, 북위 40도 49초 이북에 동해안을 따라 남쪽으로 길게 놓여있다. 칠보산의 제일 높은 봉우리는 상매봉(해발 1,103m)이다.

　　칠보산은 그 생김새와 위치에 따라 외칠보, 내칠보, 해칠보로 나눈다. 내칠보는 박달령과 상매봉 동쪽의 가운데 지역으로서 달걀 노른자위와 같으며 외칠보는 그 밖의 지역으로서 달걀 흰자위처럼 둘러있으며 해칠보는 어랑단과 무수단 사이의 동해안 연안에 위치하고 있다.

　　칠보산에는 7가지의 보물이 있다고 해서 칠보산이라고 이름이 지어졌다고 한다. 7가지의 보물로서는 금, 은, 마노, 차거, 진주, 류리(호

소랑화폭포

함경북도 명간군 량화구에 위치한 폭포로 높이 36m, 깊이 16m의 아담한 폭포이다. 주변이 울창한 숲
으로 둘러싸인 곳으로 어랑비행장에서 내려서 칠보산으로 들어서는 입구에 있는 폭포이며 길손들의
휴식처로 손색이 없는 곳이다.

소랑화 폭포 안내문

명간군과 명천군의 군계 표지판(명간군을 지나고 명천군으로 들어선다는 표시)

백), 산호를 들 수 있다. 칠보산은 평양 순안비행장에서 어랑비행장까지 비행기로 약 1시간가량, 그리고 어랑비행장에서 외칠보까지 승용차로 약 3시간을 이동해야 된다. 때문에 평양에 사는 대부분의 사람들이 칠보산이 좋다는 말은 다 들어서 알고 있지만 정작 칠보산을 직접 필자처럼 답사하고 관광한 사람은 매우 드물었다. 그러니 남에서 태어난 필자가 칠보산을 둘러보고 1주간이나 머물며 구경할 수 있었던 것은 하늘이 준 특별한 선물이며 기회였다. 승용차를 타고 오는 도중에 점심시간이 되어 도중식사(소풍 등 야외로 떠날 때 미리 준비해 오는 식사)를 하였다. 우리 일행이 준비해 온 도중식사를 펼쳐 놓고 점심을 먹은 곳은 물소리가 유난히 시원하게 들리고 그림처럼 아름다운 숲이 어우러져 있는 소양화 폭포 앞이었다. 소양화 폭포의 위치는 명간군과 명천군 중간에 있다. 식사를 마치고 승용차가 주차된 곳으로 내려오니 참나무버섯을 따다가 쭉 늘어놓은 것을 볼 수 있었다. 동화 속에 나오는 깊고 깊은 산골 속에서 선녀를 만나고 내려오는 나무꾼같이 북한의 깊은 산골에 사는 그는 세상의 때가 묻지 않은 성스러운 사내로 보였다.

 칠보산에서 자라고 있는 식물 가운데 이채를 띠는 것은 산과일나무와 산나물이다. 산에는 잣, 오미자, 산딸기, 살구, 아가위(산사자), 돌배, 머루, 다래, 개암, 밤, 도토리, 가래, 들쭉과 같은 산과일나무들과 송이버섯, 참나무버섯, 싸리버섯, 고비, 고사리, 도라지, 두릅나물, 참리, 둥굴레, 기름나물, 냉이, 쇠채, 수리취, 달래, 대나물, 매싹, 씀바귀, 산마늘, 닥지싹, 떡쑥, 돌버섯 등이 자라고 있다.

칠보산에는 약용식물도 많이 자라고 있다. 산삼, 만삼, 만병초, 백산차, 산죽, 부처손, 속새, 삼지구엽초, 오미자, 승마, 함박꽃, 우웡, 뱀딸기, 산해당화, 마가목, 단너삼, 황경피나무, 소태나무, 옻나무, 오갈피나무, 땅두릅, 엄나무, 당귀, 궁궁이, 구기자, 익모초, 백리향, 더덕, 향오동나무, 은방울꽃, 타래붓꽃, 천남성, 족두리풀, 구릿대, 하수오, 삽주, 냉초, 할미새, 청정, 창포뿌리, 향부자, 천마, 댑싸리씨, 돌꽃 등 무려 70여 종의 약용식물이 자라고 있다.

한편 칠보산에는 다양한 새들이 살아가고 있다. 독수리, 저광이, 새매, 큰새매, 까막더구리, 붉은색더구리, 숲종다리, 황조롱이, 꿩, 들꿩, 메추리, 낭비둘기, 물까지, 어치, 방울새, 굵은부리박새, 깨새, 동고비, 나무발발이, 딱새, 물쥐새, 긴꼬리양진이, 노랑턱메새, 물까마귀, 뻐꾸기, 물촉새, 수리부엉이, 꾀꼴이, 금상모박새, 류리딱새, 노랑허리솔새, 휘파람새, 밀화부리, 흰머리딱새, 올빼미, 알락할미새, 노랑할미새, 찌르러기, 티티새 등이 서식한다.

계절마다 다채로운 풍경을 자랑하는 칠보산은 백화만발한 봄에는 꽃동산, 녹음이 우거지는 여름엔 녹음산, 단풍이 붉게 피는 가을은 홍화산, 흰 눈으로 은빛 단장하는 겨울은 설백산이 된다.

1. 외칠보

　외칠보는 아기자기한 내칠보와는 달리 큼직큼직한 형태를 이루고 웅장하고 기세 찬 기상을 드러내고 있는 것이 특색이다. 그래서 활달하고 개방적인 남성적인 미를 나타내는 썩 뛰어나게 빼어난 경치라는 절승경개(絶勝景槪)라고 일러오고 있다. 외칠보는 그 지역적 특성과 노정에 따라 장수봉구역, 만물상구역, 노적봉구역, 덕골구역, 강선문구역 등이 있다.

　수리봉은 봉우리가 기둥 같은 바위들로 이루어져 있으며 예로부터 독수리들이 서식했다고 하여 붙여진 이름이다.

　노적봉은 쌀가마니를 차곡차곡 쌓아올린 것같이 보인다고 하여 노적봉이라고 한다. 높이 약 50m 되는 노적봉은 규칙적인 틈결로 고깔모양을 이룬 봉우리이다. 노적봉은 화강암 틈결 형성과정과 백두화산대의 지형연구자료로서 의의(의미)가 크므로 천연기념물로 지정되어 있다.

수리봉

〈위〉노적봉다리와 우거진 숲. 노적봉은 봉우리의 높이가 57m이며 노적봉의 기슭으로 보촌천의 맑은
물이 흘러내린다. 〈아래〉노적봉 앞에서 필자.

노적봉

화강암으로 이루어진 바위봉우리는 그 바위 면이 거북이 등처럼 갈라 터진 틈 사이로 진짜 노적가리
처럼 보인다. 이 노적봉은 천연기념물로 제정되어 보호 관리되고 있다.

〈위〉매바위 〈아래〉용상암. 임금이 앉는 의자처럼 생겼다 하여 붙여진 이름.

쌍지암. 아찔하게 솟아 있는 두 개의 바위는 서로 붙지 않고 솟아 있는 모습이 볼수록 신묘하다. 오른 쪽 바위는 밑 부분이 너무도 깎이어 당장 한쪽으로 넘어질 듯 하지만 수천 년 세월 용케도 서있다. 2 개의 바위 중에서 실하게 생긴 바위의 높이는 46m이고 다른 쪽 바위는 45m이다. 이 약하게 생긴 바위는 땅에서 3m 높이까지 가늘게 오르다가 몸통이 굵어져 지탱하고 있는 모습이 아슬아슬하다.

강선문

이것은 높이가 30m, 너비가 위쪽은 12m이며 아래쪽은 9m이다. 꼭대기는 궁륭식(아치형)으로 되어 있으며 너비가 3~5m로 바위가 다리처럼 가로 놓여 있다.

외칠보려관
필자가 묵었던 5각 1호실에서는 별이 빛나는 밤과 반달이 떠 있는 산촌의 야경이 너무 적막하여 신비감이 몰려와서 해외에서 온 나그네의 마음을 숙연하게 했다.

외칠보려관 뒤편에 있는 기암절벽

보기에 따라서 그 모양이 각양각색이다. 어떤 이는 여인의 고무신 같다고도 하고, 어떤 이는 강에 떠 있던 나룻배 같다고도 하고 엄청나게 큰 사람의 송곳니 같다고도 하니 독자가 감상하면서 나름대로 또 하나의 이름을 지을 수 있겠다.

외칠보려관 주변에서 본 절경

〈위〉외칠보려관 주변에 있는 어머니 기도바위 〈아래〉외칠보려관 주변에서 본 절경

외칠보 입구에 있는 만물상지역의 안내도

만물상 안내 곰돌이상

선의암

옛날 옛적에 인적 드문 은포골의 옥담에 선녀들이 목욕을 하러 내려왔을 때 이 바위에 옷을 벗어서 걸쳐 놓았다고 하여 붙여진 이름이다

외칠보려관 뒤편의 망부석

2. 내칠보

칠보산의 내칠보 구역은 크게 개심사, 상매봉, 내원, 이선암 구역으로 나눈다. 내칠보는 남성미를 가진 외칠보와 달리 아기자기한 여인의 아름다움을 가진 골짜기와 기암들이 헤아릴 수 없이 많은 곳이다.

내칠보 구역 안에 있는 개심사(開心寺)는 칠보산의 깊은 산속에 자리 잡고 있는 절이다. 개심사는 국보유적으로 등록되어 관리보호를 받고 있다. 개심사는 대웅전을 중심으로 심검당, 응향각, 만세루, 관음전, 산신각 등으로 이루어 있다.

만물상을 돌아보고 내려오는 길에 826년 발해시기에 창건된 개심사(開心寺)에 들려서 주지 덕수 스님을 만났다. 대화를 나누는 가운데 뜻밖에 대웅전에 놓여있는 '사자절구'에 대한 야릇한 이야기를 듣게 되었다. 대웅전에 목재로 만들어 앉혀 놓은 사자를 보고 질문을 하자 한참을 망설이다가 입을 열었다. 대답인즉 임신을 하지 못하는 아낙네들이 절에 오면 다리를 벌리고 그 사자의 등에 올라타서 시주 쌀을 그 절구에 넣고 찧게 하였다고 한다. 보통 108번의 절구질을 하도록 하였는데 결코 가볍지 않은 그 절구로 쌀을 찧다 보면 지쳐서 비스듬하고 반질반질한 사자의 등에서 밑으로 미끄러져 내렸다 올라앉았다 하면서 사자의 꼬리에 여자의 중요부위가 자극을 받게 된다고 한다. 그러면 '사자절구통'에서 나오는 울림소리와 함께 여인은 숨이 가빠지고 정신은 혼미해져 쓰러지기 직전이 되면 적당한 시기에 사건을(?) 일으킨다는 것이다. 즉 대웅전 안의 작은 구멍으로 절구질 하는 여인

〈위〉개심사의 대웅전 앞에 돌에 새겨진 안내문 〈아래〉개심사 대웅전

을 지켜보던 중이 가만히 나와서 흥분되고 지친 그 여인을 안으로 데리고 들어가서 자제하지 못하는 젊은 중들이 성욕을 풀고 또 여인은 임신을 하게 되었으니 그것을 하기 좋은 말로 부처님께 불공을 지성으로 드려서 점지 받았다는 말을 했다는 것이다. 특히 이런 일을 위하여 절에 불공을 드리러 올 때는 목욕재개하고 불공을 드리러 오도록 요구했던 것도 다른 한편으로 생각하면 불순한 의도가 숨어 있었다는 것이다. 당시만 해도 무슨 DNA 검사 같은 것을 할 수 없었던 시절이니 이런 일이 비일비재하게 있었고 불도에 온 힘을 쏟아 정진하는 스님들도 많았지만 불교가 타락하고 중들이 타락하면서 이런 비행과 부끄러운 일들이 공공연하게 이루어졌었다는 우울하고 허탈한 이야기를 들었다.

개심사의 사자절구와 사자꼬리

개심사의 만세루

　개심사의 대웅전을 뒤로 하고 발걸음을 옮기는데 대웅전 앞에 있는
'만세루(萬歲樓)'에 대한 이야기를 나누다가 당시의 중국과의 우리나라
의 형편이 어떠했는지를 생각하게 하였다. 즉 '만세'라는 한자를 그대
로 쓰지 못하고 만세의 '세'를 세월 세(歲) 자 대신 '벼 화(禾)'를 써서
'만세루'라고 읽기는 하지만 사실은 '만화루'로 써 붙였다는 것이다.
이것은 당시 중국의 영향으로 우리의 임금을 단지 '왕'이라고만 칭하
고 '황제'라고 할 수 없었던 그 옛날의 문화와 맥을 같이 하는 것이라
고 설명할 수 있겠다.

비석바위

부부바위

두 사람이 서로 끌어안은 것처럼 보인다. 왼쪽이 남편인데 머리에는 투구를 쓰고 도포를 걸치고 있으며 오른쪽의 아내는 한복차림을 하고 머리를 틀어 올린 모습이다.

가마바위
옛날 신부를 태우고 왔던 가마처럼 생겼다 하여 가마바위라고 한다. 이 가마바위의 높이는 3m이다.

예문암

예문암이란 예식을 진행하는 문이라는 뜻이다. 옛 전설에 의하면 칠보산자구의 신랑신부는 결혼식날
반드시 예문암에 가서 서로 손을 맞잡고 이 문을 통과하였다고 한다. 그러면 백년해로하였다고……
예문암의 높이는 8m이다.

예문암 문

피아노바위

이전에는 이 바위를 책걸상 같이 보인다고 하여 '탁자암'이라고 하기도 했고 풍금같이 보인다고 하여
'풍금바위'라고도 하다가 최근에 그 이름이 '피아노바위'로 굳어졌다.

탄금대
탄금대에서 '탄'이라는 글자는 보면 탄성이 나온다는 의미에서 썼고 '금'자는 옆에 피아노바위가 있다는
의미에서 거문고 '금(琴)' 자를 써서 탄금대라고 부른다고 한다

서책암

이 바위는 가게봉의 북측 기슭에 있는 바위이다. 여러 권의 책을 세 줄로 나란히 꽂아 놓은 책꽂이 같
다고 하여 붙여진 이름이다

두부바위

반월봉의 낮은 산마루에 있는 바위이며 네모난 바위 위에 또 다른 바위가 마치 두부처럼 얹혀 있다.
한 변의 길이는 1.5m이다.

농부바위

만사봉
천불봉의 북쪽에 솟은 봉우리로 만 개의 절간이 있다는 데서 유래된 이름이다

범바위(호구암)
외칠보에서 내칠보로 들어 오는 길가에 있다

명천 가는 길 표지판

만장봉 다리

만장봉

만장봉 계곡

상어바위
두 마리의 상어가 하늘 높이 뛰어 오를 듯한 모습이다.

〈위〉성새암. 개심사에서 가까운 곳에 있는 바위로 성벽을 높이 쌓고 일정한 곳에 성문을 낸 것처럼 보인다 하여 붙여진 이름 〈아래〉비석바위

타종암

안이 훤히 들여다 보이는 해칠보의 바닷속

3. 해칠보

북쪽 어랑단부터 남쪽 무수단까지 60km의 해안선에 걸쳐 있다. 바다 기슭에 깎아지른 듯한 절벽들과 다양한 모양의 기암괴석들 그리고 바다 위에 솟아오른 작은 섬들은 여성미와 남성미를 다 겸비한 명승지이다. 해칠보 지역은 솔섬, 채화봉, 탑고진, 달문, 무계호 구역으로 되어 있다.

필자가 돌아 본 칠보산은 외칠보, 내칠보, 해칠보 다 특색이 있고 좋지만 그 중에서 가장 마음이 가고 다시 가보고 싶은 곳은 역시 해칠보이다. 바닷속이 훤히 들여다보이는 맑은 해변과 바닷물에 젖은 바위와 건강한 바다풀들 그리고 새벽바다의 파도소리……아직도 해칠보의 정겨운 모습이 가슴과 귓가에 남아 선하다. 새벽 4시 30분이면 붉게 물들기 시작하는 하늘과 먼 바다와 해운 그리고 조용한 파도소리. 그 자체가 어떤 인간도 감히 흉내 낼 수 없는 최고의 음악이며 시(詩)요 아름다움의 극치였다.

칠보산 자락에 있는 함경북도 명천군 보촌리는 보물이 많아 보촌이라고 부르게 되었으며 여기에는 명태를 비롯하여 가재미, 대구, 낙지, 송어를 비롯한 갖가지 해산물이 많이 난다. 명태라는 이름이 처음으로 생겨난 고장도 바로 이 보촌 나루이다. 옛날 이 명천 땅 보촌마을에 살고 있던 태 씨 성을 가진 한 어부가 이곳 앞바다에서 그때까지 본 일이 없는 물고기를 잡았다. 그래서 명천의 '명' 자와 어부의 성 '태' 자를 붙여서 '명태'라고 이름 지었다고 한다.

해칠보의 아침바다 파도

〈위〉파도에 깨끗하게 씻기고 다듬어진 조약돌
〈아래〉필자가 수집하여 오스트레일리아까지 가지고 온 해칠보의 조약돌

125

칠보산 민박종합봉사소는 2004년 5월 1일에 문을 열었으며 총 부지 면적은 7정보인데 그중 살림집 구역은 4정보, 해수욕장구역은 3정보이다. 살림집형태는 4가지로서 일(-)자형(112평방미터), 기역(ㄱ)자형(137평방미터), 조선식 다락집(155평방미터), 서양식(246평방미터)이 있으며 그 외 종합봉사소(370평방미터)가 있다. 총 20개호 동인데 그중 서양식이 5채, 조선식 단층집이 10채, 조선식 다락집이 5채 있다. 이곳은 서양식으로 말하면 홈스테이 시설과 거의 유사하며 무엇보다도 다양한 북 음식(한국음식)을 즐길 수 있다. 뿐만 아니라 100~200m 눈앞에 바다가 보이는 곳에 위치하고 있어서 싱싱하고 신선한 해산물 요리를 실컷 먹을 수 있다. 해수욕을 즐기고 밖으로 나오면 민물로 샤워를 할 수 있도록 마련된 시설에 더운물을 쓸 수 있도록 훌륭하게 시설이 잘 준비되어 있다. 이용료는 튜브, 구명조끼 등을 포함해서 중국 돈 10위안으로 1.5달러 정도이다. (거리상 중국이 가까워서인지 달러보다 중국돈이 자연스럽게 사용되었다)

〈위〉 필자가 묵었던 서양식 민박집 〈아래〉 민박숙소 안내도

조선식 민박집

〈위〉바다에서 건져온 자연석으로 장식한 민박집 담벼락
〈아래〉산에서 해다 쌓아 둔 겨우살이 장작더미

〈위〉풋강냉이 〈가운데〉함경도 감자 〈아래〉운단(성게 알)

민박집에서의 첫날 저녁 식사는 명태의 아가미로 만들었다는 수매 젓갈과 분이 나는 함경도 감자, 운단(성게 알)과 풋강냉이(쪄 먹을 수 있는 굳어지기 전의 옥수수)였다. 완전 자연 식품이며 영양식이었다.

해칠보에서의 하루의 시작은 1주일 내내 해맞이로 시작하였다

〈위〉붉게 물들기 시작하는 새벽하늘과 새벽바다 〈아래〉해칠보의 해돋이

해칠보의 해돋이

〈위〉민박촌에 있는 동심을 그린 조각상. 소년과 게사니(거위)
〈아래〉해칠보에 있는 코끼리 바위
코끼리가 코를 드리우고 물을 들이키는 것 같다고 하여 붙여진 이름이다.

송이버섯 : 칠보산하면 송이버섯이 유명하다. 송이버섯은 올송이가 있고 늦송이가 있다고 한다. 올송이는 9월 초부터 나오기 시작하는데 늦송이에 비해서 크기도 작고 향도 약하다고 한다. 늦송이는 9월 중순이 지나야 나온다고 하니 필자가 방문한 8월 말부터 9월 초에는 구경하기가 힘들어 아쉬움을 남기고 떠나야만 했다.

칠보산 송이버섯(올송이)

〈위〉해칠보의 백사장 〈아래〉해칠보에 있는 필자가 이름 붙인 왕관바위

해칠보에서 어랑비행장으로 오는 길에 있는 산봉우리

해칠보 앞바다에서 본 민박 촌

해칠보에서 어랑비행장으로 오는 길에 있는 무계호

명간군(해칠보 지역)에서 어랑군으로 들어서는 길목

돌비에 적힌 무계호 설명문

143

칠보산 여행을 함께한 길동무들

해칠보에 소풍 나온 북한 주민들

중국에 사는 조선족이 타고 온 관광버스

〈위〉 평양비행장
〈아래〉 잠시 상념에 잠기게 하는 베이징 공항 주기장에 있는 고려항공 비행기와 대한항공 비행기

통일을 앞둔 우리 민족의 국어숙제

　남과 북이 하나같이 통일을 염원하고 있다. 만약 다음 달에 통일이 된다고 가정을 하고 남한과 북한의 학생들이 학교에서 배우고 있는 교과서를 서로 바꾸어서 수업을 한다면 얼마나 이해할 수 있을까? 북한에 살던 학생들이 서울에 와서 서울 출신 교사에게 교육을 받는다면 어떤 현상들이 벌어질 것인가? 반대로 한국에서 태어난 학생들이 평양으로 이사를 가서 평양 출신 교사에게 교육을 받는다면 어떤 현상들이 일어날 것인가?

　그 결과는 불을 보듯이 뻔할 것이다. 글말(문어체)에서도 이해하지 못하는 것들이 많겠고 입말(구어체)에서도 서로 알아듣지 못하는 말이 많을 것이다. 70년이 되도록 분단되어 살아온 남과 북의 언어의 이질화는 점점 더 그 깊이와 넓이가 더해가고 있다. 이런 현상은 통일을 앞두고 있는 우리 민족이 하루 속히 풀어야 할 숙제이다.

　북과 남을 자유롭게 여행할 수 있는 필자는 이런 문제의 심각성을 그 누구보다 실감하고 있으며 더구나 인터넷 시대인 요즘에 와서는 그런 심각성이 빈번하게 더 자극적으로 필자의 마음을 불편하게 만든다. 따라서 여기서는 일부 그 실례를 들어 문제의 심각성을 밝힘으로 같은 단어를 사용하면서도 그 단어가 담고 있는 뜻이 서로 달라 서로를 올바로 이해할 수 없고, 결과적으로 서로 다른 생각을 할 수 밖에 없는 답답한 현실을 부분적으로나마 소개해 보려고 한다.

1. 같은 단어를 사용하지만 뜻이 다른 것
2. 같은 뜻이지만 단어가 다른 것
3. 문장 속에 나타난 같은 뜻 다른 표현
4. 뜻은 같지만 단어의 음절 위치가 다른 것
5. 같은 단어지만 음절을 다르게 표기하는 것
6. 남에서 떠도는 '엉터리 북한말'에 대한 분석과 설명
7. 남과 북의 세계사 교과서에 나타난 학술용어 비교분석
8. 남과 북의 세계 여러 나라와 수도 이름 비교분석(2017년 4월 기준)
9. 최근 북에서 새롭게 다듬은 단어들
10. 남과 북의 컴퓨터 자판에 나타난 차이점과 분석

1. 같은 단어를 사용하지만 뜻이 다른 것

▶ 계산기

북에서는 '계산기'하면 자연스럽게 '컴퓨터'를 뜻하지만 남에서는 '계산기'할 때 한 사람도 '컴퓨터'라고 생각하는 사람은 없을 것이다. 남에서는 아마도 거의 다 '전자계산기'로 이해할 것이다.

▶ 낙지

북에서는 남에서 말하는 다리가 열 개 달린 '오징어'를 '낙지'라고 한다. '낙지'에 대해서 풀이해 놓은 조선말대사전의 설명이다. "바다에 사는 연체동물의 한 가지. 몸은 원통모양이고 머리부터 양쪽에 발달한 눈이 있다. 다리는 열 개인데 입을 둘러싸고 있다. 매우 빠른 탐식성 동물로서 공격으로부터 자기를 보호할 수 있는 먹물주머니를 가지고 있다. 동해안에서 중요한 산업대상 어종의 하나이다. 살은 식료로 쓰며 간장에서 기름을 뽑아낸다." 남에서 말하는 낙지는 다리가 열 개가 아니라 여덟 개이며 몸길이가 70cm 가량이 된다고 국어사전에서 풀이하고 있다.

▶ 내가

남에서 쓰는 '냇가'를 사이시옷을 사용하지 않고 있어서 남에서 교육을 받은 사람에게는 종종 그 뜻을 살피는 데 어려움을 겪는다. 즉 일인칭의 '나'를 뜻하는 말로 대부분 이해하지 물이 흘러가는 '냇가'로 이해하는 사람은 한 사람도 없을 것이다. 북에서 물이 흘러가는 '내가'를 남에서는 '냇가'로 표기한다. 그러나 북에서도 입말에서는 '내까'로 발음한다.

▶ 마당발

많은 사람과 폭넓게 활동하는 사람을 남에서 일컬어 하는 말이지만 북에서는 그런 뜻으로 거의 사용하지 않고 단지 신체적인 생김새를 두고 말할 때가 많다.

▶ 말밥

이 말 역시 남에서는 '한 말 정도의 쌀로 지은 많은 밥이나 말에게 주는 짐승사료' 정도로 이해하지 그 누구도 남에서 말하는 '구설수'로 이해하지 않는다. 북에서는 좋지 못한 이야기 거리의 대상을 가리켜 말할 때 사용한다. (실례 장편소설 백양나무에 나오는 문구 "우영표는 더 우길 수 없게 되었다. 그는 본래 남에게 직장자랑을 하지도 않지만 자기 직장사람들이 남의 말밥에 오르거나 운동경기 같은 데서 지는 것을 참을 수 없었다." 필자 개인적으로는 참신한 우리말이라고 생각한다.)

▶ 바빠하다

북에서는 '어렵거나 딱한 처지에 놓여서 어찌할 바를 몰라 하거나 몹시 거북스러워하다'로 쓰이고 있지만 남에서는 이 말을 거의 쓰지 않으며 대부분은 '시간적인 여유가 없어 하다'쯤으로 이해할 것이다. 남의 국어사전에는 아예 이 단어가 실려 있지도 않다.

▶ 별로

남에서는 이 말이 대부분 부정하는 말과 함께 쓰이고 있지만 북에서는 전통적인 뜻을 담아 특별히, 별나게 같은 아주 좋다는 뜻으로 아주 많이 쓰인다. 그래서 실례를 들면 '시험공부를 열심히 하더니 과연 성적이 별로 좋구나'하고 사용한다. 즉 성적이 아주 좋다는 뜻으로 하는 말이다.

▶ 부화

백이면 백 남에서는 양계장(닭공장)에서 알을 깨고 나오는 병아리를 생각할 것이다. 그러나 북에서는 이 말에 대한 의미 파악을 할 때 먼저 떠올리는 것은 '불륜'이나 '성행위'로 생각하는 사람이 대부분이다. 조선말대사전에서는 이 말을 '남녀 간에 비도덕적인 육체적 관계를 가지는 것을 에둘러 이르는 말'이라고 풀이하고 있다.

▶ 사업하다

남에서는 '사업' 하면 대부분 경제적인 것과 관련된 활동을 일컬어 말할 때가 많지만 북에서는 여러 가지 의미로 쓰인다. 즉 이발소에 가서 이발을 하는 것을 '위생사업'이라고 말하고 앞으로 할 일을 물러 놓고 준비하는 것을 '조직사업'이라고 말한다. 그런가 하면 남에서 말하는 '뇌물'을 고이는 것을 북에서는 사업이라고 말하기도 한다.

▶ 선물

북에서는 지도자가 주민들에게 주는 물건이나 혹은 주민들이 지도
자에게 주는 물건으로 제한시켜 사용하고 있다. 그래서 조선말대사전
에서도 이 말에 대한 풀이를 '충성심을 표시하여 올리는 것 또는 그
물건, 표창이나 기념의 뜻으로 물건을 주는 것 또는 그 물건'이라고
하고 있다. 그래서 북에 가면 종종 병원에 있는 값비싼 의료기구나
시설물 혹은 피아노나 자동차 같은 곳에 빨강 바탕에 쓰인 장군님이
혹은 원수님이 주신 선물이라는 표시판을 보게 된다. 남에서 말하는
선물을 북에서는 '기념품'이라고 부른다.

▶ 소환

남에서는 부정적인 경우나 법적인 경우에 한하여 쓰일 때가 많으나
북에서는 긍정적인 면에서 이 말이 자주 사용된다. 그래서 조선말대
사전에서 이 말에 대한 뜻풀이를 보면 아주 긍정적이다. '상부에서 사
업상 필요에 따라 어떤 직책에서 일하는 일군을 그 직책에서 불러올
리는 것, 외부에 나가있거나 조국과 떨어져 생활하는 자기 성원을 사
업상 필요에 의하여 불러들이는 것'이라고 하였다.

▶ 소행

이 단어가 남에서는 부정적으로 사용 되고 있지만 북에서는 긍정적
으로 사용되고 있다. 그래서 국어사전에 낱말을 풀이하면서 든 예문
에도 남에서는 "괘씸한 소행", "면식범의 소행이 분명하다" 등으로 소

개하고 있으나 북의 조선말대사전에서는 "학생들 속에서 발현되는 아름다운 소행", "옳바른 소행", <장편소설: 한 자위단원의 운명>에서 발췌한 대목을 보면 "생각할수록 금순이의 소행이 엉뚱하고 갸륵해 보였다."라고 소개하고 있다.

▶ 신사

북과 남이 그 쓰이는 양상이 다르다. 북에서는 약간은 부정적으로 쓰인다. 북에서는 그 말이 담고 있는 뜻이 남에서 사용하는 '놈팡이'나 '건달' 정도의 뜻을 갖고 있다. 즉 그럴듯하게 차려 입고는 일은 하지 않는 사람을 말하지만 남에서는 정반대의 개념으로 모든 면에서 품행이 단정한 사람을 긍정적으로 말 할 때 쓰인다. 그래서 어떤 모임 같은데 가면 거침없이 "신사숙녀 여러분"하고 말하는 것을 쉽게 들을 수 있지만 북에서는 이 말이 갖고 있는 의미가 그렇지 않다. 조선말대사전에서 풀이해 놓은 것을 보면 더 이상의 설명이 필요치 않을 것이다. "낡은 사회에서 말쑥한 차림을 하고 점잖게 행동하면서 거드름을 피우는 남자를 이르는 말"이라고 하였다.

▶ 외교하다

'진심을 숨기고 형식적으로 대하다'는 뜻으로 북에서는 약간 부정적인 뜻을 담아 사용하지만 남에서는 이런 말을 개인적으로 일상대화에서는 전혀 사용하지 않는다. 국가적인 차원에서 국제간의 교섭 등을 말할 때나 쓰이는 말이다.

▶ 우

북에서 사용하는 '우'는 위치적으로 아래와 반대되는 것으로 말하지만 남에서는 '오른쪽'으로 라는 말로 이해할 것이다. 북에서는 '상급기관'을 말하기도 한다.

▶ 원수

북에서는 차수 위에 있는 군사칭호 즉 장성의 계급을 뜻하지만 남에서는 적을 두고 하는 말이다. 남에서 말하는 '적'은 북에서는 '원쑤'이다.

▶ 이발

남에서는 백이면 백 머리털을 깎아 다듬는 것으로 이해하지만 북에서는 남에서 말하는 '이빨'을 두고 하는 말이다. 남에서 말하는 머리칼을 자르고 다듬는 '이발'은 북에서는 '리발'이며 북에서 말하는 '이발'은 남에서는 단어도 발음도 '이빨'이다. 한편 이발소에 가서 이발(리발)을 했다는 말을 곧잘 '위생사업'을 했다고 한다.

▶ 자유주의

북에서는 어떤 개인이 집단생활에서 규칙을 어기고 개인적으로 행동하는 것을 뜻한다. 남에서 정치적인 개념으로 접근하여 단순하게 이해하는 이 말을 조선말대사전에서는 아주 길게 풀이해 놓았다. "개인의 이른바 자유를 무원칙하게 내세우면서 조직생활과 조직규율을 싫어하고 자기 마음대로 행동하려는 그릇된 사상과 태도 자기의 의

사를 절대적으로 존중한다는 이유로 자유의사에 따르는 행동은 간섭을 하지 말아야 한다고 하면서 나라와 민족의 운명은 아랑곳하지 않고 개인의 이속이나 채워서 자신의 안일과 향락을 추구하려는 부르주아 개인주의사상이다. 개인주의 이기주의와 함께 자본주의의 산물로서 사회주의사회에서는 그것이 생겨날 사회경제적 근원이 없다."

▶ 장군총

이 단어를 북에 있는 학생들에게 묻는다면 '장군님이 사용하는 총' 정도로 대답할 가능성이 크다. 특히 나이 어린 학생들에게 묻는다면 그 누구도 그것이 '장군의 무덤'이라고 이해하지 않을 것이다. 그러나 남에서는 중학생만 되어도 그것이 옛 시기의 '무덤'이라고 이해할 것이다.

▶ 전투합시다

이 말은 남에서는 거의가 군인들이 하는 군사작전과 무력충돌과 관련된 한정된 분야에서 사용하지만 북에서는 어떤 일을 집중해서 철저하게 관철시켜 해내는 일을 두고 쓰인다. 그래서 공부를 할 때도 작업을 할 때도 이 말을 흔하게 사용한다. 그런가 하면 생산공장의 작업장에서도 '전투장'이라는 간판을 달아 놓고 제품이 차질 없이 생산되도록 독려한다.

▶ 접대원

북에서는 식당에서 봉사하는 여자종업원을 자연스럽게 '접대원'이라고 한다. 그래서 손님들이 필요한 것이 있어서 도움을 요청할 때는 매우 자연스럽게 "접대원 동무" 하고 부른다. 그러나 남에서는 주로 술집에서 일하는 종업원 정도로 약간은 부정적인 뜻을 담아 사용되기 때문에 조심해야 한다. 접대원과 비슷한 말로 남에서는 이전에 많이 쓰던 말로 '접대부'가 있었기 때문에 '접대원'이라는 말을 남에서 사용하면 그런 오해를 낳을 수 있다. 즉 통일이 되어서 남에 사는 동포가 북에서 온 동포에게 이전에 무슨 일을 했느냐고 물었을 때 '접대원'이었다고 대답한다면 많은 남한동포들이 생각하기를 '아~ 이 사람은 술집에서 손님 술시중을 들고 때로는 몸을 파는 일도 했으려니' 하고 오해할 것이다. 조선말대사전의 접대원에 대한 뜻풀이: '려관이나 식당 등에서 손님을 접대하는 봉사일군.'

▶ 통장

'여행통행증명서'를 뜻하는 것으로 '통짱'으로 발음하는 이 단어는 글말에서 보면 남에서는 누구나 '예금통장'이나 아니면 동네에서 작은 행정적인 일을 맡아 보는 직무를 맡은 사람 정도로 생각할 것이다. 아마도 '통행증'으로 이해하는 사람은 많지 않을 것이다. 북에서는 여행을 할 때마다 이 통장을 지참하고 여행길에 나서지 않으면 안 되며 도중에 통장을 확인하는 군인들에게 이 통장을 보여 줘야 한다.

▶ 하늘소

남과 북이 같은 단어를 사용하면서 뜻이 완전히 다른 것 가운데 대표적인 것이 '하늘소'이다. 북에서는 하늘소는 '짐승(당나귀)'을 말하지만 남에서는 짐승이 아닌 냇가에 사는 '곤충'이다. 참고로 조선말대사전에 나와 있는 뜻풀이와 국어사전의 뜻풀이를 같이 소개하도록 하겠다. 조선말대사전: "하늘을 쳐다보며 우는 소라는 뜻에서 이르는 집짐승의 한 가지. 말보다 몸이 작고 귀는 쫑긋하며 힘이 세어 부리기에 좋다", "하늘솟과의 갑충의 총칭. 몸은 가늘고 기름하며, 날개는 딱딱하고 촉각은 매우 긺. 꽃 수액 썩은 나무 등을 먹음"

▶ 희한하다

이 말은 남에 사는 사람들은 긍정적인 면에서 '매우 드물고 귀하다'는 뜻으로는 잘 쓰지 않고 약간은 부정적인 면에서 '유별나다'는 뜻으로 많이 쓰는 말인데 북에서는 희한하게도 '매우 좋고 보기 드문 물건'을 말할 때 자주 쓰는 말이다.

한편 남과 북이 같은 훈민정음에 뿌리를 둔 기념일을 남에서는 한글날이라고 해서 10월 9일을 지정하여 지키고 있지만 북에서는 1월 15일을 의미 있는 날로 주장하고 있는 형편이다. 이것은 서로 다른 접근방식에서 비롯된 일이다. 즉 남에서는 훈민정음이 반포된 세종 28년 9월 29일(음력)을 양력으로 바꿔 10월 9일을 기념하는 것이며 북에서는 반포일보다는 창제된 날에 무게를 두고 세종 25년 12월(음력) 중간 날을 잡아서 양력으로 환산하여 1월 15일을 기념하고 있다.

2. 같은 뜻이지만 단어가 다른 것

우수한 민족어를 가지고 있는 우리는 할 수 있는 대로 강대국(영어, 러시아어, 중국어, 일본어)의 말을 사용하지 말고 민족성과 주체성이 있는 이해하기 쉬운 우리의 고유어를 쓰도록 해야 한다. 그러나 교과서에 나타난 체육용어(국립국어원, 발간등록번호: 11-1370252-00080-01)만 비교해 봐도 북은 고유어로 다듬어 쓰려고 힘쓴 반면에 남은 있는 그대로 받아들여서 사용하고 있는 것이 뚜렷하게 대조를 이룬다. 여기에서는 일상용어 '같은 뜻이지만 단어가 다른 것'과 체육용어를 같이 소개하였다.

◆ 일상용어

　　* 앞의 단어는 북, 뒤에 단어는 남. 굵은 글자는 최근에 같이 사용하는 것

가극 = 뮤지컬

가락지빵 = 도넛

가리킴 대명사 = 지시대명사

가슴조임증 = 협심증

가시대 = 싱크대

가시아버지 =장인

가위바위차기 = 오버헤드 킥

갈음옷 = 나들이옷

감동사 =감탄사

갑작바람 = 돌풍

갑작부자 = 벼락부자

강좌장 = 학과장

같은자리각 = 동위각

거꾸로서기 = 물구나무서기

거부기 = 거북이

걸써 = 건성으로

게바라다니다 = 나돌아다니다

게사니 =거위

겨울나이 = 겨우살이

격검 = 펜싱

결함(부족점) = 하자

경무원 = 헌병

경표 = 위험표지

계단승강기 = 에스컬레이터

고기순대(쏘세지) = 소시지

고려의학(고려약) = 한의학(한약)

고성기(증폭기) = 확성기

고음기호 = 높은음자리표

곰열 =곰쓸개

곱등어 = 돌고래

곱하는 수 = 승수

공기갈이 = 환기

공민증 = 주민등록증

군사복무 = 군대생활

과일단물 = 주스

곽밥 = 도시락

교양원 = 유치원교사

교양처리 = 집행유예

교예 = 서커스

구멍탄 = 구공탄

구전문학 = 구비문학

국가기관성원 = 공무원

국가종합팀 = 국가대표팀

굴개 = 롤러

굼뜨다 = 느려터지다

귀쏘기 = 귀앓이

귀환점 = 반환점

그늘지붕 = 차양

근로인테리 = 사무직근로자

글쪽지 = 메모지

급해나서 = 다급해서

기다림칸 = 대기실

기둥선수 = 스타플레이어

기분없다 = 기분 나쁘다

기쁨슬픔병 = 조울증

기억기 = 메모리(USB)

김(입말에서) = 점

깐지게 = 빈틈없이

깜빠니아 = 캠페인

꺽쇠괄호 = 대괄호

꼬부랑국수 = 라면 (북에서 생산되는 제품에 쓰인 단어는 '꼬부랑국수'로 표기되어 있으나 입말에서는 '라면'이라고 사용하기도 한다.)

꼭두점 = 꼭지점

꿀을 먹다 = 무안을 당하다

꽝포쟁이 = 허풍쟁이

꿀잠 = 단잠

끌끌하다 = 믿음직스럽다

끌신 = 슬리퍼

나뉜옷 = 투피스

나리옷 = 드레스

나비헤엄(체육용어) = 접영

나체비디오 = 야동(야한동영상)

낙자없다 = 영락없다

낟알걷이 = 추수

낟알털기 = 탈곡

날래 = 빨리

남새 = 채소

내굴찜 = 훈제

넙적 = 넙죽

넝에 = 바다표범

노라노랗다 = 샛노랗다

농태기 = 막걸리

눅거리 = 싸구려물건

눈싸임높이 = 적설량

다리몸매 = 각선미

다사분망하다 = 다사다망하다

다심한 = 다정한

다치지 말라 = 만지지 말라

다함없는 = 끝없는

단고기 = 개고기

달린옷 = 원피스

닭공장 = 양계장

닭알두부 = 달걀찜

닭알씌운밥 = 오므라이스

더덜기법 = 가감법

더해질수 = 피가수

덕수 = 물줄기맞기

덜기 = 빼기

덩지 = 덩치

도는네거리 = 로터리

도루메기 = 도루묵

도마도 = 토마토

돈자리 = 계좌번호

동자질 = 부엌일

되거리상인 = 중간상인

되우 = 몹시

두벌자식 = 손자

두싹잎 = 쌍떡잎

드레박 = 두레박

들놀이 = 소풍

따라잡기 = 추월

딱친구 = 절친한 친구

딸기단졸임 = 딸기잼

떨렁밥 = 찐밥

뜬소리 = 헛소리

뜰힘 = 부력

랭동기 = 냉장고

련맹전 = 리그전

롱(농)말 = 농담

마가을 = 늦가을

마라손 = 마라톤

만단의 준비 = 만반의 준비

만약시 = 만약에

만풍년 = 대풍년

말밥 = 구설수

말뿌리 = 어근

망돌 = 맷돌

망탕 = 함부로

멎은화산 = 휴화산

메토끼 = 산토끼

멱주머니 = 모이주머니

명태밸젓 = 창난젓

모내는기계 = 이앙기

모두매 = 뭇매

모두숨 = 심호흡

모터찌끌 =모터사이클

몸까기 = 살빼기

몸틀 = 마네킹

못신 = 스파이크

무더기비 = 소낙비(그러나 북한에서는 '무더기비'는 약간 부정적인 의미가 담겨 있는 말이다.)

무리섬 = 군도

무우겨절임 = 단무지

문문하다 = 만만하다

문학대학 = 문과대학

물고기떡 = 어묵

물렁감 = 홍시

물말 = 하마

물스키 = 수상스키

물에 뛰어들기 = 다이빙

바띠카노 = 바티칸

바른사각형 = 정사각형

바른육면체 = 정육면체

바삭과자 = 비스킷

바위꽃 = 말미잘

바위짬 = 바위틈

밤을 패다 = 밤을 새우다

밥가마치 = 누룽지

밥감주 = 식혜

밥상칼 = 나이프

방안신 = 실내화

배광 = 후광

배밀이 = 포복

배풍기 = 환풍기

백날기침 = 백일해

벌차기(체육용어) = 프리킥

벼락촉 = 피뢰침

변놀이 = 이자놀이

별찌 = 유성

보가지 = 복어

보탬각 = 보각

복쑤 = 복수

볼우물 = 보조개

봉창 = 보충

부루 = 상추

부름말 = 호칭

분계선 = 휴전선

분주소 = 파출소

불심지 = 도화선

불장식 = 네온사인

불피코 = 기필코

비그이 = 갑자기 비를 만났을 때 잠깐 피하여 그치기를 기다리는 것, |동사| 비그이하다. 남에서는 아예 이런 말을 사용하지 않는다.

비내림량 = 강우량

비닐온실 = 비닐하우스

비물닦개 = 와이퍼

비법 = 불법

비행장 = 공항

빤쯔 = 팬티

뽐 = 뻠

뾰쪽각 = 예각

뿔럭불가담국가 = 비동맹국

사귀다 = 서로 엇갈려 지나가다(두 직선이)

사귐각 = 교각

사람대명사 = 인칭대명사

사이그루 = 사이짓기

사이색 = 중간색

사자고추 = 피망

사측계산 = 사칙연산

살멱 = 멱살

살물결 = 스킨로션

삿(섯)갈린다 = 헷갈리다

새리새리하다 = 아리송하다

샴팡 = 샴페인

서슬 = 간수(두부 만들 때 넣는 것)

서우 = 코뿔소

168

석기기질 = 옹고집

설기과자 = 카스텔라

섭조개 = 홍합

성원 = 직원

세기마루 = 강약(악센트)

세나라시기 = 삼국시대

세대주 = 남편

세제곱뿌리 = 세제곱근

소리표 = 음표

소학교(인민학교) = 초등학교(국민학교)

속심 = 내심

속잠 = 숙면

손기척 = 노-크, 손시늉 = 제스처는 현재 같이 섞어서 사용

손다치기반칙 = 핸들링

수표 = 서명

순간타격(체육용어) = 스파이크

순서(차례)수사 = 서수

스밈압력 = 삼투압

슬픔증 = 우울증

식사조직 = 회식

식수절 = 식목일

실관 = 모세관

싸움배 = 전함, 군함

쌍붙기 = 짝짓기

썩음막이약 = 방부제

아다먹기 = 막무가내

아바이 = 할아버지

아아하게 = 아찔하게

안 됐습니다 = 미안합니다

안전띠 = 안전벨트

안해 = 아내

알아맞추기 = 퀴즈

애옥살이(입말에서는 거의 사용하지 않음) = 가난에 찌든 삶

약간한 = 간략한

양말바지 = 팬티스타킹

어깨수 = 지수

어로공 = 어부

어방치기 = 어림짐작

얼음점이하 = 영하

얼죽음 = 빈사상태

얽금새 = 구성

에네르기 = 에너지

여름옷 = 하복

역비례 = 반비례

연마천 = 사포

열내림약 = 해열제

열주머니 = 쓸개

영예군인 = 상이군인

예술체조 = 리듬체조

오레미 = 올케

오무림힘살 = 괄약근

옥쌀 = 옥수수가루쌀

옥파 = 양파

올방자 = 책상다리(앉는 자세)

옹근가림 = 개기식

우등불 = 모닥불

우점 = 장점

원쑤 = 원수

원주필 = 볼펜

위생실 = 화장실

위생지도원 = 위생병(군대)

유술 = 유도

은을내다 = 효과를 내다

응당 = 당연히

의학대학 = 의과대학

이가 많이 쏩니까.(입말) = 이가 몹시 아픕니까.

이악하다(성품이 직심스럽고 끈덕지다) = 남에서는 쓰지 않는 말

인민 = 서민과 국민의 뜻을 함께 담고 있는 독특한 단어이며 수령이나 국가수반에 견주어 이르는 정치용어이기도 하다.

인생의논 = 인생상담

인용표 = 홑화살괄호/ 거듭인용표 = 겹화살괄호

인차 = 이내, 곧

일본새 = 일하는 태도

일없습니다 = 괜찮습니다.

입쓰리 = 입덧

자식 = 자녀(북에서는 스스럼없이 나이어린 사람이 나이든 사람에게 '자녀'라는 말보다 '자식'이 몇이냐고 묻는다)

자신심 = 자신감

자연부원 = 자연자원

자유주의 하지 말라. = 개인 행동하지 말라.

자체수양 = 자기수양

잠약 = 수면제

전화 놓습니다.(입말) = 전화 끊습니다.

점명 = 점호

접수구 = 창구

정수 = 양수

정전협정 = 휴전협정

정점 = 꼭지점

조국해방전쟁 = 6.25전쟁

조선옷 = 한복

조선반도 = 한반도

조선화 = 동양화

조약경기 = 도약경기

졸인젖 = 연유

주석단 = 귀빈석

주패놀이 = 트럼프놀이

죽는률 = 사망률

줄당콩 = 강낭콩

중앙검찰소 = 대검찰청

중앙재판소 = 대법원

지금 깨어났습니다. = 지금 일어났습니다. (잠을 자고 나서)

지어 = 심지어

지하족 = 작업화

직무태만죄 = 직무유기죄

직승기 = 헬리콥터

직장세대 = 맞벌이가정

진소리 = 허튼소리

짐함 = 컨테이너

집단체조 = 매스게임

집짐승 = 가축

짬수(짬탕) = 낌새

쪽머리아픔 = 편두통

쫑대 = 낚시찌

차굴 = 터널

차단소 = 검문소

차림표 = 메뉴

찬단물 = 냉주스

찬물미역 = 냉수욕

창발성 = 창의성

철직 = 해직(해임)

체신소 = 우체국

체육촌 = 선수촌

체화품 = 재고품

추겨올리기 = 융상(체육/역도)

추김형 = 청유형(문법)

추리 = 자두

칼바람 = 매운바람

큰물 = 홍수

탁아소 = 어린이집

탐오 = 공금횡령

택까니 = 간사한 자

토대 = 신분

토피 = 흙벽돌

통로 = 채널

통일봉건국가 = 고려

판형콤퓨터 = 태블릿 PC

팔매선 = 포물선

팔목걸이 = 팔찌

페지 = 페이지

포전 =논밭

포전정리 = 농지정리

푼푼이 = 넉넉히

풍막 = 천막

풍지박산 = 풍비박산

피눈 = 혈안

피마주(아주까리) = 피마자

피타는 노력 = 피나는 노력

필갑 = 필통

하다나니 = 하다 보니

하불 = 홑이불

하전사 = 사병

한 뽐 = 한 뼘

한뜸한뜸 = 한 땀 한 땀

해정국 = 해장국

혀이끼 = 설태

현수 = 팔굽혀펴기

협잡꾼 = 사기꾼

흩어진가족 = 이산가족

호상간 = 상호간

홍군 백군 = 청군 백군

홍무 = 홍당무

홍문 = 항문

화학세탁 = 드라이클리닝

확스 = 팩스

후과 = 결과

후어머니 = 계모

흰소리 = 허튼소리

◈ 체육용어

* 앞의 단어는 남, 뒤에 단어는 북.

거트렌지 = 옆으로 올려 메치기

골키퍼 = 문지기

공중돌기 = 허공돌기

글러브 = 장갑

네트 = 그물

네트 인 = 그물 맞고 들어간 공

다이빙 = 물에 뛰어들기

더킹 = 앉으면서 피하기(복싱)

듀스 = 결승전동점

드라이브 = 길게 치기

드리블링 = 공 몰기(농구)

런지 = 다리 앞으로 벌리기(에어로빅스)

레인 = 고삐(육상)

리듬체조 = 예술체조

리바운드 = 튕겨 나온 공&화살(핸드볼, 양궁)

리베로 = 자유 방어수(배구)

리시브 = 공 받아치기(배구)

릴리스 = 공 놓치기(볼링)

마라톤 = 마라손

마우스피스 = 이 보호 틀(복싱)

매트 = 깔개

바벨 = 구간(체력운동)

바이얼레이션 = 위반(농구)

발리 킥 = 공중 공차기

배드민턴 = 바드민톤

백코트 = 후위

버터플라이 = 나비 영

부심 = 보조 주심

브러시 = 빗기 솔(창작무용)

브레이크 = 제동기(에어로빅스)

블로킹 = 가로막기

사이드라인 = 구역 옆 선(농구)

사이클링 = 자전거경기

서비스 = 쳐 넣기(배드민턴)

세단뛰기 = 삼단 뛰기

세이브 = 공 살리기(야구)

센터링 = 넘겨 차기

스로잉 = 던지기(럭비)

스트라이크 = 바로 치기(야구)

스트레이트 = 직선 공

스파링 = 자유대상훈련(복싱)

스파이크 = 때리기(배구)

스핀 = 공 회전(창작무용)

싱크로나이즈드스위밍 = 수중발레

양궁 = 활 쏘기

오프사이드 = 공격 어김

웨지 킥 = 넓은 물 차기(수영)

윈드서핑 = 돛배 식 파도타기

자유투-벌 넣기(농구)

잽 = 연속치기(권투)

조깅 = 천천히 달리기

차징 = 밀치기 반칙(축구)

카누 = 까노에

카약 = 엇젓기 배

커트 = 깎아 치기(탁구)

크로스바 = 문 가름대

클린치 = 붙잡기(권투)

태클 = 공 빼앗기

토너먼트 = 승자 전

트라이애슬론 = 3종경기

트래핑 = 공 멈추기(축구)

패스 = 련락(축구)

평형 = 가슴 헤염

페달링 = 발판 돌리기

페인팅-속임(축구)

펜싱 = 격검

포인트 = 점수

폴트 = 실수

푸싱 = 밀기(농구)

하키 = 호케이

해킹 = 손치기(농구)

홈 스트레치 = 결승직선주로(달리기)

179

3. 문장 속에 나타난 같은 뜻, 다른 표현

북한의 책이나 신문에는 남한의 동포들의 눈에 선 단어들이 많이 등장한다. 예를 들면 '자유주의하지말라', '지자기의 날', '닭공장', '전투합시다,' '조직사업', '끊어번지다', '간단치 않다', '짜고들다', '틀어쥐고 나간다', '웅심깊은,' 사진을 깨워주다', '역할을 논다.', '…으로 된다' 같은 말이다. 이런 말들은 사실상 북의 문화를 이해하지 않고는 그 뜻을 밝히 알기가 쉽지 않다. 따라서 이와 같은 문제를 해결하고 벌어져 있는 어떤 단어의 뜻을 서로가 알기 쉽게 좁히는 노력은 남과 북의 국어학자들을 비롯한 우리들의 숙제이다.

한편 조선말대사전에는 남한의 국어사전과 판이한 특성이 있다. 그것은 어떤 낱말에 대한 뜻풀이를 할 때 종종 장편소설 속에 나오는 단어나 문장을 길게 소개하면서 풀어서 설명을 한다는 것이다. 그것은 그 단어가 담고 있는 뜻을 더욱 분명하게 이해시키고 깨달을 수 있도록 배려하는 것이라고 볼 수 있다. 여기서 조선말대사전 자모의 순서에 따라서 간략하게 추려서 올림말 뜻풀이를 어떻게 하고 있는지 소개해 보겠다.

"리두의 체계적인 연구를 시도하여 그것을 완성시킴에 있어서 거대한 역할을 논것을 알 수 있는데"
        - 조선언어학사연구, 김영황. 김일성종합대학. 1996. p.8쪽.

"설총이 논 역할을 강조하면서"*   - 위의 책 p.11

"논 역할이 컸음을" (여기에서 "논다"는 말은 남의 그 표현방식을 빌리자면
'역할을 하였다'정도가 될 것이다.)

- 위의 책 p.12

　　'퍼그나'는 남에서는 거의 사용하지 않는 말이다. 조선말대사전을
살펴보니 '퍼그나'와 '퍽'을 둘 다 풀이하고 있는데 그 뜻은 거의 같다.
그러나 남 사전에는 '퍽'이라는 단어 풀이는 있지만 '퍼그나'라는 말은
실려 있지 않다.

　　'특성으로 되며', '충심으로 되는 인사를 전하여 드릴 것을 부탁하였
다' 이 표현 자체가 남에서 교육을 받고 자란 사람에게는 어색하게 느
껴진다. 남한식으로 문장을 다듬는다면 '특성이며', '마음을 다하여' 정
도로 표기하게 될 것이다. '창조적 재능의 총화로 되다' 역시 남측 식
으로 표현하자면 '창조적 재능의 총화이다'쯤으로 뜻풀이를 할 수 있
을 것이다. 그런데 북에서 사용하는 이 '되다'는 어떤 사실을 더 분명
하게 표현하기 원할 때 이렇게 사용한다.

　　'민족어문제를 빛나게 해결하는 데서 틀어쥐고 나가야 할 근본원칙
으로 된다는 것이 확고한 립장이다' 이 문장을 남에 살고 있는 동포들
에게 눈에 설지 않게 바꾸어 본다면 '민족어문제를 빛나게 해결하는
데 있어서 단단히 붙잡고 나가야 할 근본원칙은 변함없는 확고한 입
장이다' 이 정도로 바꿀 수 있을 것이다.

　　또한 종종 북한에 가서 대화를 하다 보면 어색해질 때가 있다. 그것
은 상대방이 하는 말이 귀에 설기 때문이다. 즉 '못 알아들었다'를 '알
아 못 들었다.'로, '못 가 보았다.'를 '가 못 보았다'로, '못 먹어 보았다.'

를 '먹어 못 보았다.'로 사용하기 때문이다. 이것은 두 개의 동사로 된 단어에 부정부사 '못'이나 '안'이 올 때 그 부정부사는 동사 사이에 끼어 쓰이고 있는데 이것은 다분히 동북방언의 영향을 받은 말이 틀림없다고 여겨진다. 평양문화어가 본래 평양에서 쓰는 말만을 모아 놓은 게 아니고 각 지방의 방언까지 모아서 쓰고 있기 때문에 때로는 함경도 방언도 때로는 강원도 방언도 같이 섞여 쓰이고 있기 때문이다.

한편 남에서는 아침에 일어나서 하는 말로 '잘 자고 일어났나요?' 하는 말을 북에서는 '잘 자고 깨어났나요?'라고 말하지 '잘 자고 일어났다'는 말을 좀처럼 사용하지 않는다.

북에서는 넓이를 재는 단위로 남에서 사용하는 '제곱미터'라는 말을 사용하지 않는다. 그리고 남에서는 '평방미터'라는 말을 쓰지 않는다. 남에서 발행된 국어사전에도 '평방미터'는 '제곱의 구용어'라고 풀이해 놓았다. 통일이 되면 어떤 말을 사용해야 될지… 이런 문제가 한 둘이 아니니 미리미리 이런 사소한 문제도 준비하는 지혜가 필요하다 하겠다.

▶ 공격 살표
부대의 공격 방향이나 지점을 화살표 식으로 그려서 나타낸 것.
‖예문‖ '세계의 모든 시선이 파죽지세로 공격하는 인민군의 중심적인 공격 살표가 따르고 있는 유성평야로 집중되었다.' – 장편소설『시대의 탄생』

▶ 근기
참을성 있게 이겨내는 힘.

∥예문∥ '근기있고 겸손하고 무던하지만 일단 화가 동하면 성난 황소처럼 분별이 없어지는 그였다.' - 장편소설 『근거지의 봄』

▶ 과장
사실보다 불궈 말하는 것
∥예문∥ '과장 없이 말해서 대일본제국의 운명이 조선빨찌산 대장의 손안에 들어 있더군.' - 장편소설 『1932년』

▶ 농악쟁이
농악을 하는 사람을 홀하게 이르는 말.
∥예문∥ '농악쟁이들은 상모에 쾌자까지 받쳐입고 신바람들이 나서 새납을 불고 꽹과리를 치고 북통을 두드려대는데 춤판에서는 남자들과 녀자들이 덩실덩실 춤추고 돌아갔다.' - 장편소설 『생명수』

▶ 누르추근하다
맥이 빠지여 조금 누른하다.
∥예문∥ '아침에 약간 주었던 뽕은 언제 다 먹었는지 배고파 누르추근해진 누에에게 온종일 따온 뽕을 통째로 뿌려주어도 순식간에 다 갉아먹고 줄거리에 서로 디디고 기여올라서 고개만 내돌렸다.' -『현대조선문학선집』 15

▶ 들먹들먹
물체의 전체나 한 부분이 들렸다 내려앉았다 하는 모양을 나타내는 말이다.

∥예문∥ '오관영은 경찰서가 군중들에게 포위되고 용달이네 로적가리가 순식간에 헐리여 가는 것을 보면서 자기의 발밑도 들먹들먹요동치는듯싶은 충격을 느끼었다.' - 장편소설『불타는 시절』

► 뒤받치다
일을 뒤에서 지지하고 도와주다.

∥예문∥ '모두 언손을 후후 불어가면서 글을 쓰고 등사를 할테지 선창조직이 여전히 뒤받침이나 잘 해주고 있는지? - 장편소설『은하수』

► 락(낙)천적
자기 사업의 정당성을 믿고 승리에 대한 신심과 삶의 보람을 굳게 가짐으로써 생활이 명랑하고 활기에 차 있는 것.

∥예문∥ '항상 웃으며 사는 락천적인 성격은 못된다 하더라도 그래도 정서생활에 남달리 민감한 한흥수가 이 며칠동안 보여준 그런 침물한 표정은 아무래도 심상치 않은 점이 있었다. - 장편소설『1932년』

► 례(예)읍
례절을 차려 읍하는 것.

∥예문∥ '부인 계신 처소에 남자가 무난히 들어가는 것은 대단히 실례올시다. 용서하십시오 하고 머리를 숙여 례읍한다'. -『계몽기소설집』4

▶ 맞메다

앞쪽과 뒤쪽에서 마주 메다.

‖예문‖ ‘맨 앞에는 이 행차를 책임지고 가는 승지 료직이가 구군복차림으로 말을 타고 가고 그 뒤에 종묘의 신주가 들어있는 궤짝을 시위군사가 맞메고 나갔다.’ - 장편소설 『평양성사람들』

▶ 목도소리

목도를 멜 때 앞과 뒤의 목도군이 서로 먹이고 받으면서 하는 영차, 영치기와 같은 소리.

‖예문‖ ‘일순이는 새하얀 로동화를 신었는데 목도채를 어깨에 매더니 으쓱 신이 나서 목도소리까지 한다.’ - 장편소설 『석개울의 새봄』

▶ 반타격

타격해 오는 상대방을 되받아치는 것.

‖예문‖ ‘우리 사단은 적의 공격준비에 앞서 반타격준비를 끝내자는 것이며 적들 역시 우리의 준비에 앞서 공격을 들이대자는 것입니다.’ - 중편소설 『메아리』

▶ 복면강도

복면을 한 강도

‖예문‖ ‘복면강도의 눈깔처럼 포대에 숭숭 뚫여져있는 네모진 시꺼먼 구멍들은대안의 장백땅과 얼어붙은 압록강과 기이한 오후이 정적이 깃들고 있는 마을 곳곳을 음험하게 굽어살피고 있다.’ - 장편소

설 『압록강』

▶ 사판
전날에 나무통이나 판대기 위에 모래를 담아 그 위에 글씨 같은 것을 써 보면서 익히는 판.

‖예문‖ ‘아이들에게 아이들에게 학습장 한권, 연필 한자루 있을리 없었다. 모두들 사판 하나씩을 가지고 와서 모래 위에 글을 쓰고 흔들어 지우군 하였다.’ - 장편소설 『누리에 붙는 불』

▶ 산산하다
좀 추운 느낌이 있을 정도로 사늘하다.

‖예문‖ ‘한무대기의 들국화덤불이 산산한 바람결에 셀레이고 있었다.’ - 장편소설 『력사의 새벽길』,

‘옷섶으로 스며드는 산산한 바람은 완연히 가을기운을 느끼게 한다.’ - 장편소설 『준엄한 전구』

이 경우에는 하나도 아닌 두 곳의 장편소설에 나오는 문장을 실례로 들고 있다.

▶ 아궁이마
아궁의 앞쪽을 가로지른 앞부분.

‖예문‖ ‘박광준은 방송실부엌을 네번이나 뜯어 고쳐서 불이 황황 들게 해 주었으며 연기가 새지 않게 아궁이마를 말끔하게 흙매질 해 주었다.’ - 장편소설 『돌파구』

▶ 앉으랑소나무

키가 자라지 못하고 옆으로 가지가 뻗은 키낮은 소나무를 형상적으로 이르는 말.

‖예문‖ ‘앉은랑소나무처럼 앙바틈한 10여년생 복숭아나무가 바둑판처럼 정방형을 이루고 널직널직 들어섰는데…….’ - 장편소설 『시대의 탄생』

▶ 온통

있는 것 모두.

‖예문‖ ‘그는 동네 분위기가 온통 혁명일색으로 되는데 눈이 둥그래져서 태도를 휘딱 고치었다.’ - 장편소설 『사령부를 찾아가는 길에서』

▶ 읍

전날에 정중하게 인사하는 절의 한 가지 두 손을 맞잡아 쥐고 웃몸을 앞으로 공손히 굽혔다가 허리를 편다. 이때 맞잡은 두 손을 얼굴 앞으로 들어올리기도 한다.

‖예문‖ ‘류석진로인은 벌써 의관을 정제하고 배허벅 위에 올려 읍을 하며 숙연한 걸음으로 장군님 앞으로 다가오고 있었다.’ - 장편소설 『고난의 행군』

▶ 자갈추기

자갈땅이나 모래자갈 같은 데서 자갈을 추어 가려내는 일.

‖예문‖ '듣자니 요즘은 철도공사판에 나가 자갈추기를 한다더니 얼마전에 남정네가 돌아왔다는 소문이 났소꼬마.' - 장편소설『대지는 푸르다』

▶ 자본주

자본주의 사회에서 자본의 주인이란 뜻으로 일정한 기업에 자본을 대는 자.

‖예문‖ '어떤 놈을 꾀여서 돈을 내라고 하여 장사를 했으면 좋겠는데 … 그의 이런 생각은 한동안 자본주를 낚으려다가 헛물만 켜고 말았다.' - 장편소설『고향』

▶ 장돌뱅이

낡은 사회에서 장마당에서 싸구려를 불러대며 물건을 파는 장사군을 홀하게 이르는 말.

‖예문‖ '장돌뱅이들은 분합, 허리띠, 갑사댕기, 망건당줄, 꽃미투리, 염낭 등의 추석비음거리를 막대기에 꿰어들고 돌아다니며 악마구리 끓듯 싸구려를 불렀다.' - 장편소설『두만강』

▶ 주사청루

낡은 사회에서 술집과 기생집 또는 술집과 유곽.

‖예문‖ '주사청루 곳곳마다 미색도 많이 보았건만 저기 보이는 저 녀자 같은 색태는 삼생에 초견이라.' - 고전소설『배비장전』

▶ **차경차희**

한편으로는 놀라고 다른 한편으로는 기뻐하기도 하는 것.

∥예문∥ '이때 양처사 부인을 위하여 약을 달이다가 문득 아해소래 남을 듣고 차경차희하여 바삐 들어가니 부인이 벌써 순산득남 하였는지라.' - 고전소설 『구운몽』

▶ **참발론**

진짜로 의논을 하려고 문제거리를 꺼내기 시작하는 것.

∥예문∥ '별방의 농군들처럼 두레를 싸가지고 한번 본때있게 농사를 지어보는게 좋겠습니다. 그런 생각으로 참발론이 되여서 여러분의 찬성을 얻으랴 한것이올시다.' - 장편소설 『땅』

▶ **참섭**

어떤 일에나 말에 아는 체 하거나 간섭하여 나서는 것

∥예문∥ '원산이는 겉으로 조선사람을 무척 위하는척하나 비밀리에는 고등정탐을 할뿐 아니라 군행정에도 고문격으로 참섭하고 있었다.' - 장편소설 『두만강』

▶ **처먹다**

욕심 사납게 마구 먹다.

∥예문∥ '퇴지에 걸터 앉아 보리밥에 김치물을 버무려 걸탐스레 처먹고 난 유경락은 온몸을 휘감는 피로를 무릅쓰고 일어섰다.' - 장편

소설『광명을 찾은 사람들』

► 천지신명

종교 미신적 관념에서 하늘과 땅의 모든 변화를 맡아하는 온갖 신을 이르는 말

‖예문‖ '원쑤를 물리치기 전에는 주저앉지 않으리라 천지신명께 맹세하고 뜻을 일으켜 어언 20여성상 비록 마음은 간절하나 본시 한낱 용렬한 사람이라 장수없는 병졸이 어디에 기탁하리오.' - 장편소설『혁명의 려명』

► 코빼기

코를 홀하게 이르는 말

‖예문‖ '이 날은 그 동리 사람들이 구석구석 코빼기를 마주대고 앉아서 받고차기로 탄식을 하였다.' - 단편소설『현미경』

► 콩쓸이

전날에 역이나 부두 창고 같은데서 흘린 콩이나 그밖의 낟알을 쓸어모아 바치고 입에 풀칠할 것이나 얻어 겨우 살아가는 가난한 사람

‖예문‖ '땅바닥에 흐르는 곡식을 쓸어모으는 것이 콩쓸이의 직무입니다.' -『현대조선문학선집』

▶ 큰사공

전날에 한 배를 타는 여러 사공들 가운데서 배일을 지휘하는 사공. 사공들이 배의 좌우편에 열을 짓고 노래를 부르며 노를 저을 때 열의 맨 앞 뱃머리 쪽에서 선창하며 노 젓기를 지휘한다.

‖예문‖ ‘선두에서 부르는 큰사공의 그 노래를 받아 부르는 그들의 힘찬 노래소리는 포구의 뒷산에 우렁차게 울리였다.’ -『현대조선문학 선집』5

▶ 쾌재를 부르다

통쾌하고 시원스러운 일이 있거나 좋은 수나 기회가 생긴 때에 기쁜 감정을 나타내는 말을 하다.

‖예문‖ ‘속으로…뜻밖에 림꺽정이가 제 먼저 서울에 다녀올 의향을 내놓았으니 서림으로서는 꺽정이가 서울에 가는 목적이나 뜻은 여하튼간에 쾌재를부를 밖에 없었다.’ - 장편소설『림꺽정』

▶ 타개쌀

수수, 강냉이 같은 것을 타개여서 만든 쌀.

‖예문‖ ‘낮부터 하는 망질인데 인젠 어깨죽지가 물러나는 것 같기도 하였다. 한말 얻어온 양식인데 통밀을 그대로 해먹을 수는 없고 타개쌀을 해먹으려니 이렇게 힘이 뽑힌다.’ - 장편소설『유격구의 기수』

► **탁송**

남이나 수송기관에 부탁하여 물건을 보내는 것.

‖예문‖ '그는 조광운송점이라는 간판을 뻐젖이 내걸고 물품을 탁송하는 일을 전문적으로 담당하고 있었다.' - 장편소설 『태양의 아들』

► **탐재**

재물을 탐내는 것.

‖예문‖ '이때 동청이 고녀로 더불어 진류에도 임한 후 전혀 탐재를 일삼아 백성에게 세금을 더하고 온갖 악한 짖을 다하여 … - 고전소설 『사씨남정기』.

► **탑전**

봉건사회에서 임금이 앉을 탑의 앞이라는 뜻으로 임금의 자리 앞을 이르는 말.

‖예문‖ '상이 의윤하야 인형으로 률도국 위유사를 하이시니 인형이 하직하고 집에 돌아와 모부인께 탑전 설화를 고하니… - 고전소설 『홍길동전』

► **판장문**

널판장에 내였거나 널판에 붙여 만든 문.

‖예문‖ '기숙사의 주위에 둘러 세운 거먼 판장문이 어두운 밤빛속에 더욱 우중충하게 보인다.' - 장편소설 『고향』

► 판판

일부 단어 앞에 쓰여 전혀, 아주, 완전히의 뜻을 나타낸다.

‖예문‖ 우선 그가 일에 달라붙는 잡도리부터가 어제와는 판판 달랐다. 그 역시 아직 나이는 어렸으나 일년 전에 마을에서 함께 지낼 때와는 판판 딴 사람 같았다. 오빠와 함께라면 몰라도 판판 낯선 사람과 어떻게 만나자부터 놀음놀이를 하겠는가.' - 장편소설『잊지 못할 겨울』

► 팔팔하다

성미가 참을성이 적고 급하다.

‖예문‖ '강춘은 성미가 누그럽고 순녀는 성미가 팔팔하다. 팔팔한 성미가 감칠맛있게 쌈싹하기도 하였지만 때로는 콩튀듯 볶아대서 강춘의 마음을 괴롭혀준다 - 단편소설『농민』

► 편히

‖예문‖ 시퍼런 대낮에 눈을 편히 뜨고 눈알을 떼운 것 같은 분하고 억울한 감정 때문에 도무지 마음을 진정할 수 없었다.' - 장편소설『닻은 올랐다』

► 포마

포를 끄는 말

‖예문‖ '연대 후위에서는 포마들이 함뿍 비에 젖어서 코김을 불어

대며 포들을 끌어 올렸다.' - 장편소설『시대의 탄생』1, '포마들은 노상 흔들리는 허궁다리와 그 밑에서 줄달음치는 시커먼 물살에 질겁한 듯 앞발을 뻗치고 머리를 쳐든채 코투레질을 하면서 다리에 들어서려 하지 않았다.' - 장편소설『돌파구』

▶ **한문학**

한자에 대해서나 한자로 이루어진 글문에 대해서 연구하는 학문.

‖예문‖ '이조 역대의 양반관료들은 한문학의 곰팽이속에 파묻혀서… 백성의 고혈을 짜내기에 급급하였다.' - 장편소설『두만강』1

▶ **한밤 깊은 밤**

‖예문‖ '찬 이슬 내리는 깊은 한밤에 여전사는 결심품고 편지를 쓰네 한자 두자 적어 가는 글발마다에 별들도 사랑의 빛을 뿌리네.' - 혁명가극『당의 참된 딸』

▶ **한산하다**

1. 한적하여 조용하고 쓸쓸하다.

‖예문‖ '그런 마바리군들이 묵고 가는 객주집은 지금은 빈집처럼 한산하였다.' - 장편소설『고난의 행군』

2. 일거리가 없어 한적하고 노는 때가 많다.

‖예문‖ '한산하기 짝이 없는 점포 안에 젊은 사람 하나가 드레박을 사러 들어왔다.' -『조선문학작품선집』39

3. 무슨 일이 시원치 못하고 보잘 것 없다.

∥예문∥ '작년 겨울만 해도 장작을 패는 벌이도 그리 한산하지는 않았는데… - 장편소설『1932』

* 여기에서는 한 낱말에 대하여 세 번으로 나누어 설명을 하고 실제 사용되고 있는 예문도 구체적으로 나누어서 길게 풀어서 설명하고 있다.

► **허영허영하다**

속이 텅 빈 것같이 매우 허전허전하다.

∥예문∥ '속이 허영허영하고 머리가 어질어질하면서 눈앞이 갑자기 깜해졌다. 그는 머리를 붙들고 그 자리에 쓰러졌다.' -『조선문학선집』11

필자의 소견으로는 조선말대사전이 남한의 국어사전에 비해서 올림말에 대하여 긴 설명을 하고 있는 것은 한자를 모조리 뺀 조건에서 그 설명은 불가피한 입장이라고 판단된다.

4. 뜻은 같지만 단어의 음절 위치가 다른 것

(앞에 것은 북, 뒤에 것은 남)

▶ **공중전회 – 공중회전**

(체육) 두발을 힘 있게 굴러 몸을 솟구쳐 올리면서 허공에서 거꾸로 돌아가는 운동. 한번 또는 그 이상 돈다.

▶ **동작 – 작동**

(기계를 다룰 때) 북의 공장 벽에는 종종 "열 번 생각하고 한 번 동작하라!"는 문구가 적혀 있다.

▶ **병와 – 와병**

앓아서 누워 있다는 뜻은 같지만 음절의 위치가 서로 다르다.

▶ **언제 – 제언**

강이나 바다의 일부를 가로질러 둑을 쌓아 물을 가두어 두는 구조물.

▶ **인계인수 – 인수인계**

사업이나 물건을 넘겨주고 넘겨받고 하는 것.

▶ **절멸** (더는 생기지 못하게 깡그리 없어지거나 없애는 것) – **멸절** (멸망하여 아주 끊어짐. 멸망하여 아주 없애 버림)

▶ 좌왕우왕 - 우왕좌왕

조선말대사전은 '왼쪽으로 갔다 오른쪽으로 갔다 한다는 뜻으로 옳은 방향을 잡지 못하고 이리저리 뛰어 다니거나 헤매는 것을 이르는 말'이라고 풀이하면서 장편소설 축원에 나오는 글귀를 소개하고 있다. '주도기가 얻어맞자 편대는 좌왕우왕 벌떼처럼 흩어졌다.'

▶ 직일(군관) —일직(장교)

조선말대사전의 뜻풀이를 소개하면 '군대나 군사적질서로 생활을 하는 조직들 또는 기관, 기업소에서 하루의 일과를 집행하고 내부질서를 유지하며 대오나 기관, 기업소를 보위하여 서는 당번 또는 그런 임무를 맡은 사람.

▶ 호상 - 상호

▶ 혹간 - 간혹(같이)

▶ 식의주 - 의식주

조선말대사전의 뜻풀이를 보면 '먹고 입고 쓰고 사는 것'이라고 되어 있다.

5. 같은 단어지만 음절을 다르게 표기하는 것

대체적으로 북은 외래어표기는 된소리로 표기하고 고유어는 일반적인 경향을 따르는 반면에 남은 그와 반대로 고유어는 된소리로 사용하는 것을 보게 된다.

꼴−골 / 꼴인−골인 / 땜−댐 / 빠찌−배지 / 뻐쓰−버스 / 삐짜−피자

그러나 고유어는 오히려 남에서 된소리로 표기하는 것은 보게 된다.

날씨−날시 / 날짜−날자 / 돌뿌리−돌부리 / 색깔−색갈 / 손뼉−손벽 / 숨바꼭질−숨박곡질

또 다른 것은 다음과 같은 말들이 있다. (앞에 것이 북에서 사용하는 말)

계시판−게시판 / 설겆이−설거지 / 빠마−파마 / 적페−적폐 / 페지−페이지 / 페쇄−폐쇄 / 페수−폐수 / 페허−폐허 / 헤염−헤엄 / 화독−화덕 / 홍문−항문

특히 세계에 흩어져 있는 똑같은 나라를 두고 남과 북이 서로 다르게 표기하는 것도 하루 속히 같은 단어로 다듬어 사용해야 하겠다. 세계사 교과서(국립국어원. 발간등록번호: 11-1370252-00080-01)에 나타난 학술용어도

198

하루빨리 같은 용어로 써야만 통일을 준비하고 있는 우리의 형편에 바람직하다.

<남과 북의 말 비교>

남한	북한	비고
간토	간또	일본의 지명
개발도상국	발전도상나라	
걸프전	페르샤만전쟁	
고르바초프	고르바쵸브	
고리키	고리끼	
교토	교또	
간토	간또	일본의 지명
개발도상국	발전도상나라	
걸프전	페르샤만전쟁	
고르바초프	고르바쵸브	
고리키	고리끼	
교토	교또	
균전제	균전제도	
그라나다	그레네이더	
기니	기네	
긴키	깅끼	일본의 지명
나세르	나쎄르	
나일강	닐강	
나폴레옹	나뽈레옹	

남한	북한	비고
난징	남경	
난징조약	남경조약	
네덜란드	네데를란드	
네이팜탄	나팜탄	
노트르담사원	노뜨르담사원	
뉴턴	뉴톤	
니카라과	니까라과	
다이카 개신	대화개혁	
단테	단떼	
달러	딸라	
대공황	세계경제공황	
덩샤오핑	등소평	
데카메론	데까메론	
도이칠란드	도이췰란드	
동인도회사	동인디아회사	
라트비아	라뜨비아	
러일전쟁	로일전쟁	
러시야	로씨야	
로베스피에르	로베스삐에르	
로켓	로케트	
루마니아	로므니아	
르네상스	문예부흥	
리투아니아	리뜨바	
마르세유	마르쎄이유	

남한	북한	비고
마르크스	맑스	
마스트리히트조약	마스뜨리흐뜨조약	
마오쩌둥	모택동	
마이소르	마이쑤르	
마케도니아	마께도니아	
메이지유신	명치유신	
멕시코	메히꼬	
모나리자	몬나리자	
모로코	모로끄	
모리타니	모리따니	
모잠비크	모잠비끄	
무굴제국	모골제국	
무솔리니	무쏠리니	
뮌헨회담	뮨헨회담	
미국 에스파냐전쟁	미국 에스빠냐전쟁	
미사일방위체계	미싸일방위체계	
미얀마	만마	
바르샤바	와르샤와	
바이마르북	와이마르북	
바이샤	와이샤	
바이칼호	바이깔호	
바투	바뚜	
발트	발뜨	
방글라데시	방글라데슈	

남한	북한	비고
베르사유조약	베르사이유조약	
베이징조약	북경조약	
베이컨	베이콘	
베트남전쟁	윁남전쟁	
벨기에	벨지끄	
벨로루시	벨라루씨	
보이코트	보이꼬트	
보스와나	보쯔와나	
보카치오	보까치오	
볼세비키	볼쉐비크	
부르주아지	부르죠아지	
불가리아	벌가리아	
브뤼셀	브류쎌	
비잔틴	비잔티아	
사주하다	사촉하다	
사포이의폭동	시파이폭동	
사할린	싸할린	
삼부회	3부회의	
상트페테르부르크	싼크뜨 뻬쩨르부르그	
석가모니	석가무니	
세포이의 항쟁	시파이폭동	
셔츠	샤쯔	
셰익스피어	쉑스피어	
소비에트	쏘베트	

남한	북한	비고
수드라	슈드라	
스탈린	쓰딸린	
시리아	수리아	
시모노세키	시모노세끼	
시베리아	씨비리	
쑨원	손문(손중산)	
아르헨티나	아르헨띠나	
아제르바이잔	아제르바이쟌	
알력	알륵	
야마토정권	야마또국가	
얄타회담	얄따회담	
에스토니아	에스또니아	
에스파냐내란	에스빠냐공민전쟁	
에이브러햄 링컨	아브라함 링컨	
오디세이	오듀쎄이야	
오스만제국	오스만 뛰르끼예제국	
원자에너지	원자에네르기	
유대교	유태교	
유럽공동체	유럽경제공동체	
응우옌딘	느구엔딘	
의화단운동	의화단폭동	
이자성의 난	리자성농민봉기	
이집트문명	에짚트고대문화	
이탈리아	이딸리아	

남한	북한	비고
인더스문명	인두스문화	
인도양	인디아양	
인터내셔널	인토나쇼날	
일리아드	일리아스	
일한국	이르한국(나라이름)	
잉카제국	인까제국	
자코뱅파	자꼬뱅파	
잔 다르크	장느 다르크	
장제스	장개석	
저우 언라이	주은래	
제니 방적기	젠니정방기	
제임스 하그리브스	젬스 하그립스	
조지 워싱턴	죠지 워싱톤	
주고쿠	쥬고꾸	
차이콤스키	챠이꼽스끼	
체코	체스꼬	
체코슬로바키아	체쓰꼬슬로벤스꼬	
춘추전국시대	춘추시기	
징기즈칸	칭기스한	
카리브해	까리브해	
카마강	까마강	사람 이름
카프카즈	깝까즈	
카플란	까불란	
캄보디아	캄보쟈	

남한	북한	비고
캘커타	콜가타	
코르시카섬	꼬르스섬	
코소보	꼬쏘보	
코스타리카	꼬스따리까	
콜럼버스	꼴롬부스	
콩고	꽁고	
콩고민주북	민주꽁고	
쿠르스크	꾸르스크	
쿠릴열도	꾸릴렬도	
쿠바	꾸바	
쿠투조프	꾸뚜쪼브	
크샤트리아	크샤트리	
키예프	끼예브	
킵차크한국	낍챠크한국	
탱크	땅크	
터키	뛰르기예	
테러	테로	
텔레비전	텔레비죤	
파나마	빠나마	
파리	빠리	
파리코뮌	빠리꼼뮨	
파쇼	파쑈	
팔레비	파흐라비	
페루	뻬루	

남한	북한	비고
페르시아	페르샤	
포르투갈	뽀르뚜갈	
포츠머스조약	포츠마스강화조약	
폴란드	뽈스까	
푸에르토리코	뿌에르또리꼬	
프로이센	프로씨아	
피사	삐사	
헝가리	마쟈르	
호메이니	코메이니	
호찌민	호지명	
홋카이도	혹가이도	
홍건적	홍건군	
황건적의난	황건농민폭동	
황소의난	황소농민봉기	
흐루쇼프	흐루쑈브	

6. 남에서 떠도는 '엉터리 북한말'에 대한 분석과 설명

〈'엉터리 북한말'에 대한 분석과 설명〉

◘ 가운데중간방어수 / 센터 하프백

북에서는 '중간방어수'라고 하며 '센터 하프백'이라는 외래어는 쓰이지 않는다.

◘ 갈이땅 / 경작지

북에서는 '갈이땅'보다 '경지' 또는 '경작지'라는 말이 더 잘 쓰인다.

◘ 갤판 / 팔레트

북에서는 '조색판'이라고 하며 '팔레트'라는 외래어는 쓰이지 않는다.

◘ 거드치다 / 걷어붙이다

북에서는 '거드치다'라는 말이 쓰이지 않으며 대신 '걷어올리다' 또는 '걷어붙이다'라는 말이 쓰인다.

◘ 건병 / 꾀병

북에서는 '건병'이라고 하지 않고 '꾀병'이라고 한다.

◘ 귀에고리 / 귀고리

북에서는 '귀고리'라고 하며 '귀에고리'는 역사어로서 현대에는 쓰이지 않으며 사투리로서 일부 제한된 지역에서만 쓰인다.

▣ 그림영화 / 만화영화

북에서는 '그림영화'라고 하지 않으며 '아동영화', '만화영화'라고 한다.

▣ 글장님 / 문맹자

북에서는 '문맹자'라고 하며 '글장님'은 역사어로서 지금은 쓰지 않는다.

▣ 기름밥 / 볶음밥

북에서는 '기름밥'이라고 하지 않으며 '볶음밥'이라고 한다.

▣ 날거리 / 날씨

북에서도 '날씨'라고 말한다.

▣ 요리차림표(북) / 메뉴(남)

'요리차림표'라는 말은 쓰지 않는다. 이 경우에는 '차림표, 식사안내표'가 쓰이며 '메뉴'도 많이 쓰인다. '메뉴'는 사전에도 올라있다.

▣ 료해하다(북) / 이해하다(남)

'료해하다'와 '이해하다'는 서로 다른 의미로 쓰이는 말들이다. '이해'는 '사물현상의 본질을 알거나 깨닫는 것'이라는 의미로서 '료해하다'와는 전혀 다른 의미로 나타난다. '이 문제에 대하여 정확한 이해를 가져야 한다'에서 '이해'를 '료해'로 바꿀 수 없다. 다시 말하여 '이해'와 '료해'는 어떤 경우에도 서로 바꾸어 쓸 수 없다.

▶ **리산가족(북) / 이산가족(남)**
북에서는 주로 '흩어진 가족, 친척'으로 표현한다.

▶ **마구다지(북) / 마구잡이(남)**
둘 다 사전에 올라있지만 기본 쓰이는 것은 '마구잡이'이다.

▶ **마여름(북) / 늦여름(남)**
계절이름의 앞에 '마~'가 오는 것은 오직 '가을'뿐이다. '마여름', '마봄', '마겨울'이라는 말은 없다.

▶ **막팔기(북) / 덤핑(남)**
경제학에서 자본가들이 상품가격을 국내시장가격이나 생산원가 아래로 떨구어 대외시장에 파는 것을 북에서도 '덤핑'이라고 부른다. '막팔기'라는 말은 없다.

▶ **말바꿈법(북) / 은유법(남)**
'말바꿈법'이 사전에 올라있기는 하지만 거의나 쓰지 않는다. 이 경우에는 '은유법'을 쓴다.

▣ 말하기법(북) / 화법(남)

북에서 '말하는 방법'을 의미하는 단어는 '화법'이다.

▣ 맞혼인(북) / 연애결혼(남)

'맞혼인'은 사전에는 올라있지만 전혀 쓰이지 않는다. 이 경우에는 '련애결혼'을 쓴다. '그들은 련애결혼했어.', '그들은 련애로 살아.'

▣ 머리받아놓기(북) / 헤딩 숫(남)

'머리받아놓기'라는 말은 전혀 쓰이지 않는다. '머리받기로 꼴을 넣는다'로 표현한다. 발로 차 넣을 때에는 '숫! 꼴인되었습니다.'라고 하지만 머리받기로 넣을 때에는 '머리받기! 아-그만 아쉽게 되였습니다.'라고 표현한다.

▣ 머리비누(북) / 샴푸(남)

'머리비누'라는 말은 쓰지 않는다. 이 경우에는 '샴푸'라고 표현한다.

▣ 먼바다고기배(북) / 원양어선(남)

'먼바다고기배'는 쓰이지 않는다. 이 경우에는 '원양어선'을 사용한다. 그러나 바다 그 자체를 가리킬 때에는 '원해', '원양'보다 '먼바다'를 더 많이 사용한다.

▣ **면비교육**(북) / **무상교육**(남)

'면비교육'이라는 말은 1936년에 작성된 '조국광복회10대강령'에 반영되어 있었다. 지금은 '무료교육'이라고 한다.

▣ **모개미꽂는기계**(북) / **이앙기**(남)

'모개미꽂는기계'가 아니라 '모내는기계'를 쓴다.

▣ **모르는수**(북) / **미지수**(남)

그런 말은 쓰지 않는다.

▣ **모양글자**(북) / **상형문자**(남)

북에서는 '상형문자'라고 하지 '모양글자'라는 말은 전혀 쓰지 않는다.

▣ **무잠이**(북) / **잠수**(남)

북에서는 '잠수, 잠수부'라고 하지 '무잠이'라는 말은 없다.

▣ **물올리기**(북) / **양수**(남)

'물올리기'라는 말은 애당초 쓰인적이 없다.

▣ **물힘**(북) / **수력**(남)

'수력, 수력발전소'라고 하지 '물힘'이라는 말은 전혀 쓰지 않는다.

◘ **미리막이**(북) / **예방**(남)

'예방, 예방의학, 예방주사'라고 한다.

◘ **미세기뚝**(북) / **제방**(남)

'미세기'라는 말은 본래 밀물과 썰물을 뜻하는 것으로 바닷가나 항만 같은 곳에 쌓는 둑을 말하며 '제방'과 같이 쓰인다.

◘ **미우다**(북) / **냉대하다**(남)

'미우다'라는 말은 없다. '랭대하다'를 사용한다.

◘ **버림물**(북) / **폐수**(남)

'버림물'이라는 말은 쓰지 않는다. 이 경우에는 '폐수'(남에서 말하는 폐수)를 사용한다.

◘ **벌레잡이약**(북) / **살충제**(남)

기본적으로 '살충제'를 사용한다.

◘ **볼먹은소리**(북) / **볼멘소리**(남)

이 경우에는 '볼부은소리'를 사용한다.

◘ **사방미인**(북) / **팔방미인**(남)

사방미인'이라는 말은 없다. '팔방미인'을 사용한다.

▣ 색쌈(북) / 계란말이(남)

'계란말이'를 쓴다. '색쌈'이라는 말은 전혀 쓰지 않는다.

▣ 열스럽다(북) / 창피하다(남)

북의 사전에 '열스럽다'가 '열적인 느낌이 있다'고 해석되었으며 '열적다'는 '어쩐지 어색하고 부끄러운 데가 있다, 느낌이 싱겁고 멋쩍은 데가 있다.'는 뜻으로 풀이되었다. 그런데 '창피하다' 역시 사전에 올라있다. '체면이 깎일 일을 당하여 부끄럽다, 볼모양이 사납다'는 뜻이다. 실지 언어생활에서 사용빈도를 따진다면 '창피하다'가 99%, '열스럽다'가 1%라고 하여도 과언이 아니다. 다시 말하여 북에서 이 경우의 기본용어는 '창피하다'이다.

▣ 예술헤염(북) / 수중발레(남)

'예술헤염'이라는 말은 북에서 전혀 쓰지 않는다. '예술헤염'이라고 하면 도대체 무슨 소리인지 분간하지 못한다. 이 경우에 북의 용어는 '수중발레'이다.

▣ 오구탕치다(북) / 야단법석치다(남)

'오구탕치다'라는 말은 북에 전혀 없다. 개별적인 사람이 혹 사용할지는 모르겠지만 전사회적 인정은 받은 적 없는 생소한 말이다. 북에서는 '야단법석'을 쓰는데 이 경우 '치다'가 아니라 '하다'와 결합되어 나타난다.

▣ 오마조마하다(북) / 조마조마하다(남)

북에서는 '조마조마하다'라고 하지 '오마조마하다'라고는 하지 않는다. '오마조마하다'도 '조마조마하다'와 함께 사전에 있으나 전혀 쓰이지 않는 말이다.

▣ 옮겨붙이기수술(북) / 이식수술(남)

북의 의학분야에서는 '피부이식수술', '뼈이식수술'이라고 하지 '옮겨붙이기수술'이라고는 하지 않는다.

▣ 옮겨지음(북) / 각색(남)

북의 문학예술분야에서는 '옮겨지음'이라고 하지 않는다. 이 경우에는 '각색'이 쓰인다.

▣ 외짝사랑(북) / 짝사랑(남)

같이 사용함. '남녀사이에서 한쪽은 사랑하지 않는데 한쪽에서만 혼자 사랑하는 것 또는 그런 사랑'을 북에서는 '짝사랑'이라고도 하고 '외짝사랑'이라고도 한다.

▣ 유람뻐스(북) / 관광버스(남)

북에서는 '유람뻐스'라는 말이 쓰이지 않는다. 관광객을 실은 버스라면 '관광뻐스'로 부른다. 그러나 특별히 유람을 목적으로 하는 버스라면 '요람뻐스'로 부를 수도 있다.

▣ 이모형(북) / 이복형(남)

'이모형, 이모형제'이라는 말은 사전에는 올라 있으나 잘 쓰지 않는 말이다. 이 경우에 북에서는 '배다른 형, 배다른 형제'라고 표현한다. '이복형, 이복형제'도 그 의미는 누구나 쉽사리 이해하나 사용빈도는 매우 낮다.

▣ 이야기시(북) / 서사시(남)

북에서 '이야기시'는 극적인 짤막한 이야기가 담긴 시문학의 한 형태로서 일반적인 서사시와 구별되는 개념이다. '서사시'는 서사적 방법으로 쓰인, 현실사건과 인간들의 생활과 사상감정을 일정한 이야기 줄거리에 담아 나타낸 시형태를 나타내는 유일한 용어로 광범위하게 사용된다.

▣ 인민구두창작(북) / 구비문학(남)

'인민구두창작'과 '구비문학'이라는 용어는 같은 계열에서 대립시킬 수 없는 다른 질서의 말들이다. 다시 말하여 '인민구두창작'은 '창작'이라는 행동성을 지닌 말이며 '구비문학'은 문학유형 또는 그러한 작품을 가리키는 정적인 말이다. 물론 북의 사전에도 '구비문학'은 올라 있으나 일반적으로 잘 쓰지 않는다. 이와 같은 의미의 단어로는 '인민구두창작'이 아니라 '구전문학'이 광범하게 쓰인다.

▪ 입사권(북) / 입주권(남)

'입사권'이라는 말은 전혀 쓰이지 않는다. '입사'라는 말은 '새 집에 들어가다'라는 의미로 많이 쓰인다. '입사증'이라는 말이 있는데 정식 명칭은 '살림집이용허가증'으로서 국가가 발급하는 살림집의 공식증서이다.

▪ 자란이(북) / 성년(남)

'자란이'라는 말은 평양문화어에서 전혀 쓰이지 않는다. 북에서는 '어른'이나 '성년'이 통용되며 '성년'에 대치되는 개념으로 '미성년', '청소년'이 많이 쓰인다. '자란이'라는 말은 함경도지역의 방언어휘구성에 들어있는 말로서 함경도 전통 주민층에서 '자라이', 즉 함경도방언의 전통적 특징인 'ㄴ'탈락현상의 결과로 발음된다.

▪ 자연기념물(북) / 천연기념물(남)

'자연기념물'이라는 말은 전혀 쓰이지 않는다. 오히려 공식적으로나 언어행위상으로나 '자연상태대로 보호 관리하는 기념물'을 가리키는 용어는 '천연기념물'이다.

▪ 잔메(북) / 언덕(남)

'잔메'라는 말은 평양문화어에 없다. 혹 방언어휘일수도 있으나 '땅이 좀 높게 비탈진 곳'을 가리키는 말로는 누구나 '언덕'을 사용한다. '언덕'은 그 의미가 전의되어 다의적인 활용에도 참가한다. 예) '희망

의 언덕, 행복의 언덕'

▣ 잠나라(북) / 꿈나라(남)

잠자는 동안의 꿈속세계를 가리키는 말로는 북에서 역시 '꿈나라'를 쓰지 '잠나라'라는 말은 누구도 쓰지 않는다. '깊은 잠이 들다'는 의미로 '꿈나라로 가다'는 성구도 많이 쓰인다.

▣ 전기여닫개(북) / 스위치(남)

'전기여닫개'라는 말은 있어본 적이 없으며 누구도 쓰지 않는다. 이 경우에 사회적으로 통용되는 것은 '스위치'이며 사전에도 '스위치'가 올라있다.

▣ 점수이김(북) / 판정승(남)

북에서는 '판정승'이라고 하지 '점수이김'이라는 말을 만들어 쓰지는 않는다.

▣ 줄섬(북) / 열도(남)

북의 사전에는 '바다 가운데에 줄지어 있는 여러 섬'이라는 의미로 '줄섬'이 올라있지만 잘 쓰지 않는다. 이 경우에는 '열도'라고 말하며 지도에도 그렇게 표기한다. '꾸릴열도, 일본열도, 얼루트열도'

■ 중선생(북) / 스님(남)

'중선생'이라는 말은 애당초 없다. 북에서는 불교의 중을 가리켜 '스님'이라고 부른다.

■ 중세소업(북) / 중소기업(남)

북에서는 '중소기업'이라고 하지 '중세소업'이라고 하지 않는다. 물론 사전에는 '중세소업'이 '크지 않거나 보잘 것 없이 작은 규모의 기업'으로 올라있으나 잘 쓰이지 않는다. 북의 사전에는 '중소기업'이 '생산규모가 크지 않은 경영활동, 생산수단의 사적소유에 기초하여 중소규모의 자본으로 진행하는 경영활동'으로 해석되어 있다.

■ 직승비행기(북) / 헬리꼽터(남)

'직승비행기'가 아니라 '직승기'이다.

■ 짐렬차(북) / 화물열차(남)

'짐렬차'라는 말은 애당초 사전에도 없고 쓰지도 않으며 '화물렬차'를 쓴다.

■ 집나들이(북) / 친정나들이(남)

둘 다 사전에 올라있지만 기본적으로 쓰이는 것은 '친정나들이'이다.

■ 짝씨(북) / 배우자(남)

'짝씨'는 '성생식하는 생식세포'를 가리키는 생물학적 용어이며 일반적으로는 도대체 무슨 소리인지 이해하지도 못한다. 더욱이 '배우자'나 '연인', '약혼자'를 가리켜 '짝씨'라고 부른다는 것은 상상도 못할 일이다.

■ 쪽무이그림(북) / 모자이크(남)

북에서 '여러 가지 색과 돌, 유리, 수지, 나무 조각, 조개껍질 같은 것을 박거나 붙여서 만든 미술작품'을 가리키는 용어는 '모자이크'이며 '모자이크'의 기본형식은 '모자이크벽화'이다. '쪽무이벽화'라는 말도 있으나 잘 쓰지는 않는다.

■ 차마당(북) / 주차장(남)

두 단어가 다 사전에 올라있는 것은 분명하나 '차마당'은 대체로 쓰이지 않는다. 북에서 '차를 세워두게 되어 있는 지정된 장소'는 '주차장'으로 표현한다.

■ 찬웃음(북) / 냉소(남)

'업신여기거나 적의를 품고 쌀쌀하게 웃는 웃음'을 가리키는 말로는 '찬웃음'과 함께 '랭소'도 쓰인다. 오히려 '랭소'가 더 많이 쓰인다.

■ 창바라지(북) / 창(남)

'바라지'라는 말은 '벽 웃쪽에 낸 자그마한 창'을 뜻하는데 거의 쓰이지 않는다. '창바라지', '바라지'라는 말 대신에 '뙤창', '환기창' 등을 쓴다.

▣ 칼파스(북) / 소시지(남)

'칼파스'가 아니라 '꼴바싸'가 통용된다.

▣ 키대(북) / 허우대(남)

두 단어가 다 사전에 올라있기는 하지만 '키대'는 거의 쓰이지 않는다. 북에서는 누구나 '허우대'라고 말한다.

▣ 태았다(북) / 임신하다(남)

'태았다'라는 말은 사전에도 없고 전혀 쓰이지도 않는 말이다. 이 경우에는 '임신하다'를 사용한다. 완곡법을 써서 '몸이 무거워지다'를 쓰기도 한다.

▣ 토법(북) / 민간요법(남)

'토법'은 '민간에서 오래 전부터 내려오면서 쓰이는 방법'을 통틀어 이르는 말이다. 주로 현대적인 방법에 상대하여 재래적인 방법, 공업적인 방법에 상대하여 수공업적인 방법, 과학적인 방법에 상대하여 경험적인 방법을 말한다. 즉 '토법으로 치료하다', '토법으로 제조하다' 등 여러 분야에서 나타나며 심지어 전쟁과 관련하여서도 '토법으로 싸우다'라는 말이 있다. '민간요법'은 '인민들이 오랜 로동과 생활 속에서 체험하고 축적한 것을 계승해 내려오는 병치료 및 예방방법'으로서 의학 분야에서는 '토법'보다는 이 단어가 많이 쓰인다.

◘ 토이기(북) / 터키(남)

북에서는 1990년대 말까지 '토이기'를 사용하다가 그 나라 사람들이 자기 나라를 부르는 방식을 존중하여 '뛰르끼예'라고 부르고 있다. '터키'라는 영어식발음은 전혀 쓰지 않는다.

◘ 팔팔아(북) / 앵무새(남)

'팔팔아'라는 말은 사전에도 없고 누구도 쓰지 않는다. 더운 지방의 숲속에서 나무열매나 씨를 따먹고 사는 몸빛이 매우 아름다우며 사람의 말을 잘 흉내 내는 새를 가리키는 북의 유일한 용어는 '앵무새'이다.

◘ 평토기(북) / 불도저(남)

'평토기'는 '앞뒤바퀴사이에 좁고 긴 보습을 주행방향에 비탈지게 설치하여 땅의 높은 곳을 깎거나 밀어서 옆으로 옮겨놓는 굴착운반기계의 한 가지'로서 쓰이는말이다. 즉 '그레이더(grader)'를 이르는 말이다. 그런데 북에서는 '불도젤(бульдозер, bulldozer)'도 광범하게 쓰인다. 그 의미는 '뜨락또르(트랙터) 앞면에 넓은 보습을 달아 땅을 파서 멀지 않은 거리(100m 정도까지)에 자체로 밀어 나르는 굴착운반기계의 한 가지'이다. 결국 두 기계는 서로 다른 기계이다.

▣ 풀색체(북) / 엽록체(남)

'풀색체'라는 말은 사전에도 없고 쓰이지도 않는다. '엽록체'가 쓰이는데 '엽록소를 비롯한 여러 가지 빛합성색소를 가지고 빛합성을 하는 풀색을 띤 세포구조물'을 가리킨다.

▣ 풀약(북) / 제초제(남)

'풀약'이라는 말은 사전에도 없고 쓰이지도 않는다. '살초제'가 쓰이는데 '잡풀을 없애기 위하여 쓰이는 화학약제'라는 의미이다.

▣ 풀잡이(북) / 김매기(남)

북에서는 '풀잡이'라는 말을 전혀 쓰지 않으며 '김매기'를 사용한다.

▣ 피멎이약(북) / 지혈제(남)

피를 멈추는 것은 '지혈', 그러한 약은 '지혈제'라고 하며 '피멎이약'이라는 말은 전혀 쓰이지 않는다.

▣ 피모임(북) / 충혈(남)

몸의 일정한 부분에 피가 몰리어 차는 것을 '충혈'이라고 하며 '피모임'이라는 말은 전혀 쓰지 않는다.

▣ 해빛열(북) / 태양열(남)

태양이 내는 열을 가리키는 말로는 '태양열'을 쓰며 '해빛열'이라는 말은 쓰지 않는다.

▣ 홑식(북) / 단식(남)
'홑식'이라는 말은 전혀 쓰이지 않는다. 북에서는 '단식경기'와 같이 '복식'에 상대적인 개념으로 '단식'을 사용한다.

▣ 황정미(북) / 현미(남)
두 단어가 다 사전에 올라있기는 하지만 '황정미'는 잘 쓰이지 않는다.

▣ 후시창(북) / 백미러(남)
'후시창'이라는 말은 사전에도 없고 쓰지도 않는다. 이 경우에는 누구나 '후사경'이라고 한다.

▣ 훔침범(북) / 절도범(남)
'훔침범'이라는 말은 없다. 남의 물건을 몰래 훔친 범죄 또는 그런 범죄자를 가리키는 법률상 용어는 '절도범'이다. '훔친죄'라는 용어도 있는데 이것은 '절도범'과는 의미 폭이 다른 말이다. 즉 '다른 사람의 재산을 도적질한 범죄'에 국한되고 범죄자를 가리키지는 않는다.

▣ 흩어보기(북) / 난시(남)
'흩어보기'라는 말은 사전에도 없고 전혀 쓰이지도 않는다. 이 경우에는 '난시'를 사용한다.

〈참조 : 조선말대사전에 올라있으나 실제는 잘 쓰이지 않는 단어〉

◆ '거르개'라는 말보다는 '려과기'를 더 많이 사용하고 있다.

◆ '결찌'가 사전에는 올라 있지만 거의 사용되지 않고 '먼친척'를 더 많이 사용한다.

◆ '경우마춤'은 거의 쓰이지 않으며 '림기응변'을 더 많이 사용한다.

◆ '고스락'이 사전에는 올라 있지만 거의 사용되지 않는다.

◆ '곤기'가 사전에는 올라 있지만 거의 사용되지 않는다(피곤한 기색)

◆ '공방살이'가 사전에는 올라 있지만 거의 사용하지 않고 남에서처럼 '독수공방'을 사용한다.

◆ '그림영화'가 사전에는 올라 있지만 거의 사용되지 않고 '만화영화'라는 말을 사용한다.

◆ '길나무'보다는 '가로수'를 훨씬 더 많이 사용한다.

◆ '꿈밖' 사전에는 올라 있지만 거의 사용되지 않고 '뜻밖'라는 말 사용한다.

◆ '날거리'가 사전에는 올라 있지만 거의 사용되지 않고 '날씨'라는 말 사용한다.

◆ '낮전'은 쓰이지 않으며 '오전'이라는 말을 사용한다.

◆ '냄내다'가 사전에는 올라 있지만 사용되지 않고 '배웅하다'라는 말 사용한다.

◆ '눈딱총을 놓다'라는 말은 거의 쓰이지 않고 '눈총을 주다'를 사용한다.

◆ '달가니'가 사전에는 올라 있지만 거의 사용되지 않고 '소'라는

말을 사용한다.

◆ '따라난병'보다는 '합병증'을 더 많이 사용한다.

◆ '락자없다'보다는 '영낙없다'을 더 많이 사용한다.

◆ '면비교육'은 사용되지 않는 말이며 '무료교육'이라는 말을 사용
한다.

◆ '몽당'이 사전에는 올라 있지만 거의 사용되지 않고 '먼지'를 사
용한다.

◆ '묘득'이 사전에는 올라 있지만 거의 사용되지 않고 '묘책'을 사
용한다.

◆ '물녘'보다는 '물가'를 더 많이 사용한다.

◆ '물레걸음'이 사전에는 올라 있지만 사용되지 않고 '뒤걸음질'이
라는 말을 사용한다.

◆ '방안지'보다는 '채눈종이'를 더 많이 사용한다.

◆ '벌길'은 거의 쓰이지 않고 '들길'을 더 많이 사용한다.

◆ '뺄헤엄'보다는 '자유형'을 더 많이 사용한다.

◆ '상학시간'은 쓰이지 않으며 '수업시간'이 더 많이 사용한다.

◆ '손기척'보다는 '노크'로, '손시늉'보다는 '제스츄어'를 지금은 더
많이 사용한다.

◆ '슬픔증'은 사용하는 말이 아니고 '우울증'이 쓰인다.

◆ '시보영화'보다 '기록영화'를 더 많이 사용한다.

◆ '애옥살이'는 사전에는 올라 있지만 거의 사용하지 않는 말이다.

◆ '열스럽다'보다는 '창피하다'를 더 많이 사용한다.

◆ '오구탕을 치다'가 사전에는 올라 있지만 거의 사용되지 않고 '야단법석을 떨다'라는 말이 사용되고 있다.

◆ '오마조마하다'보다는 '조마조마하다'를 더 많이 사용한다.

◆ '우통치다'보다는 '허풍치다'를 더 많이 사용한다.

◆ '유람버스'보다는 오히려 '관광버스'를 더 많이 사용한다.

◆ '인민학교'를 남의 '초등학교'와 같은 것으로 표기하지만 이것도 사용하지 않는 말이며 이전의 인민학교를 지금은 '소학교'라고 한다.

◆ '일무리'가 사전에는 올라 있지만 거의 사용되지 않고 '손님접대' 로 사용한다.

◆ '잘량하다'보다 '알량하다'를 사용한다.

◆ '중선생'보다는 '승녀, 중'를 더 많이 사용한다.

◆ '탈리'가 사전에는 올라 있지만 거의 사용되지 않고 '이탈'을 사용한다.

◆ '토법'보다는 '민간료법'을 사용하고, '민간오락'보다는 '민속놀이' 를 사용한다.

◆ '팔매선'보다는 '포물선'이 학술용어로 더 많이 사용한다.

◆ '풀색식물'이라는 말은 잘 쓰이지 않으며 '녹색식물'로 쓰인다

◆ '화담장'은 쓰지 않는 말이며 '회의장소'를 사용한다.

◆ '소단고기국'은 육개장의 '개장'을 개고기 즉 북에서 말하는 단고 기로 오해하고 탈북자가 오해한 것이라고 생각한다.(『평양말 서울말』, 메인파워, p.153)

7. 남과 북의 세계사 교과서에 나타난 학술용어 비교분석

박기석 교수가 제기한 남측 '세계사' 교과서의 용어 173개 중 북과 남이 똑같이 공통적으로 사용하는 단어는 불과 6개, 즉 '균전제', '베이징조약', '석가모니', '3국협상', '오스만제국', '춘추전국시대'뿐이다. 이것은 3% 정도밖에 안 되는 숫자이다. 나머지 168개의 용어 즉 북과 남이 같은 대상을 놓고 서로 다르게 표기하는 용어들은 몇 가지 부류를 가지는데 그 정형은 다음과 같다.

〈한자어에서 서로 다른 단어를 선택하여 달라진 것 12개(약 7%)〉

1. 개발도상국(남) / 발전도상나라(북)

2. 대공황(남) / 경제공황(북)

3. 사주하다(남) / 사촉하다(북)

4. 삼부회(남) / 삼부회의(북)

5. 알력(남) / 알륵(북)

6. 유럽공동체(남) / 유럽동맹(북)

7. 의화단운동(남) / 의화단폭동(북)

8. 이자성의 난(남) / 리자성농민봉기(북)

9. 홍건적(남) / 홍건군(북)

10. 황건적의 난(남) / 황건농민폭동(북)

11. 황소의 난(남) / 황소농민봉기(북)

12. 포츠머스조약(남) / 포츠머스강화조약(북)

〈북에서 한자어를, 남에서 외래어를 써 달라진 것 1개(약 1%)〉

1. 르네상스(남) / 문예부흥(북)

〈합친말(합성어)에서 두 요소가 다 다른 것 3개(약 2%)〉

1. 걸프전(남) / 만전쟁(북)
2. 세포이의 항쟁(남) / 시파이폭동(북)
3. 에스파냐내란(남) / 에스빠냐공민전쟁(북)

〈외래어표기방식에서 차이나는 것〉

1. 외래어표기방식에서 중국과 일본의 대상인 경우는 특이하다.

〈중국의 대상인 경우: 남에서는 중어(한어)발음 그대로 적지만 북에서는 북한자음으로 적는 데서 차이나는 용어 7개(약 4%)〉

1. 난징(남) / 남경(북)
2. 난징조약(남) / 남경조약(북)
3. 덩샤오핑(남) / 등소평(북)
4. 마오쩌둥(남) / 모택동(북)
5. 쑨원(남) / 손문(손중산)(북)
6. 장제스(남) / 장개석(북)
7. 저우언라이(남) / 주은래(북)

　# 예외적으로 북에서는 중국의 수도에 대하여서만은 '북경'이라고 하지 않고

중어(한어)발음 그대로 '베이징'을 사용한다.

〈일본의 대상인 경우(9개, 약 5%)〉

현존하는 지명에 대하여 북에서는 일본어발음 그대로 적지만 역사어인 경우에는 북한자음을 사용한다. 남에서는 통틀어 일본어발음에 의거한다. 같은 일본어발음이라 할지라도 남에서 거센소리를 장려한다면 북에서는 된소리를 사용한다.

1. 간토(남) / 간또(북)
2. 교토(남) / 교또(북)
3. 긴키(남) / 깅끼(북)
4. 다이카개신(남) / 대화개신(북)
5. 메이지유신(남) / 명치유신(북)
6. 시모노세키(남) / 시모노세끼(북)
7. 쥬고쿠(남) / 쥬고꾸(북)
8. 홋카이도(남) / 혹가이도(북)
9. 야마토정권(남) / 야마또국가(북)

베트남(윁남)의 모든 대상에 대하여 북에서는 베트남어 발음을 따르지만 호지명, 범문동 등에 대하여서만은 북식 한자음을 사용한다.

1. 호찌민(남) / 호지명(북)(1개, 약 1%)

〈기타 외래어표기방식에서 차이나는 것 132개(약 81%, 남 / 북)〉

1. 고르바초프 / 고르바쵸브

2. 고리키 / 고리끼

3. 그라나다 / 그레네이더

4. 기니 / 기네

5. 나세르 / 나쎄르

6. 나일강 / 닐강

7. 나폴레옹 / 나뽈레옹

8. 네덜란드 / 네데를란드

9. 네이팜탄 / 나팜탄

10. 노트르담사원 / 노뜨르담사원

11. 뉴턴 / 뉴톤

12. 니카라과 / 니까라과

13. 단테 / 단떼

14. 달러 / 딸라

15. 데카메론 / 데까메론

16. 도이칠란드 / 도이췰란드

17. 동인도회사 / 동인디아회사

18. 라트비아 / 라뜨비아

19. 러일전쟁 / 로일전쟁

20. 러시야 / 로씨야

21. 로베스피에르 / 로베스삐에르

22. 로켓 / 로케트

23. 루마니아 / 로므니아

24. 리투아니아 / 리뜨바

25. 마르세유 / 마르쎄이유

26. 마르크스 / 맑스

27. 마스트리히트조약 / 마스뜨리흐뜨조약

28. 마이소르 / 마이수르

29. 마케도니아 / 마께도니아

30. 멕시코 / 메히꼬

31. 모나리자 / 몬나리자

32. 모로코 / 마로끄

33. 모리타니 / 모리따니

34. 모잠비크 / 모잠비끄

35. 무굴제국 / 모골제국

36. 무솔리니 / 무쏠리니

37. 뮌헨회담 / 뮤헨회담

38. 미사일방위체계 / 미싸일방위체계

39. 미얀마 / 먄마

40. 바르샤바 / 와르샤와

41. 바이마르북 / 와이마르북

42. 바이샤 / 와이샤

43. 바이칼호 / 바이깔호

44. 바투 / 바뚜

45. 발트 / 발뜨

46. 방글라데시 / 방글라데슈

47. 베르사유조약 / 베르사이유조약

48. 베이컨 / 베이콘

49. 베트남전쟁 / 윁남전쟁

50. 벨기에 / 벨지끄

51. 벨로루시 / 벨라루씨

52. 보이코트 / 보이꼬트

53. 보스와나 / 보쯔와나

54. 보카치오 / 보까치오

55. 볼셰비키 / 볼쉐비크

56. 부르주아지 / 부르죠아지

57. 불가리아 / 벌가리아

58. 브뤼셀 / 브류쎌

59. 비잔틴 / 비잔티아

60. 사포이의 폭동 / 시파이폭동

61. 사할린 / 싸할린

62. 상트페테르부르크 / 싼크뜨 뻬쩨르부르그

63. 셔츠 / 샤쯔

64. 셰익스피어 / 쉐익스피어

65. 소비에트 / 쏘베트

66. 수드라 / 슈드라

67. 스탈린 / 쓰딸린

68. 시리아 / 수리아

69. 시베리아 / 씨비리

70. 아르헨티나 / 아르헨띠나

71. 아제르바이잔 / 아제르바이쟌

72. 얄타회담 / 얄따회담

73. 에스토니아 / 에스또니아

74. 오디세이 / 오듀쎄이야

75. 원자에너지 / 원자에네르기

76. 유대교 / 유태교

77. 응우옌딘 / 느구엔딘

78. 이집트문명 / 고대에짚트문화

79. 이탈리아 / 이딸리아

80. 인더스문명 / 인더스문화

81. 인도양 / 인디아양

82. 인터내셔널 / 인터나쇼날

83. 일리아드 / 일리아스

84. 일한국 / 이르한국

85. 잉카제국 / 인까제국

86. 자코벵파 / 쟈꼬벵파

87. 잔 다르크 / 쟌느 다르크

88. 제니방적기 / 젠니방적기

89. 제임스 하그리브스 / 젬스 하그립스

90. 조지 워싱턴 / 죠지 워싱톤

91. 차이콤스키 / 차이꼽스끼

233

92. 체코 / 체스꼬

93. 체코슬로바키아 / 체스꼬슬로벤스꼬

94. 징기즈칸 / 칭기스한

95. 카리브해 / 까리브해

96. 카마강 / 까마강

97. 카프카즈 / 깝까즈

98. 카플란 / 까쁠란

99. 캄보디아 / 캄보쟈

100. 캘커타 / 콜카타

101. 코르시카섬 / 꼬르스섬

102. 코소보 / 꼬쏘보

103. 코스타리카 / 꼬스따리까

104. 콜럼버스 / 꼴롬부스

105. 콩고 / 꽁고

106. 콩고민주북 / 민주꽁고

107. 쿠르스크 / 꾸르스크

108. 쿠릴열도 / 꾸릴렬도

109. 쿠바 / 꾸바

110. 쿠투조브 / 꾸뚜조브

111. 크샤트리아 / 크샤트리

112. 키예프 / 끼예브

113. 킵차크한국 / 낖챠크한국

114. 탱크 / 땅크

115. 터키 / 뛰르끼예

116. 테러 / 테로

117. 텔레비전 / 텔레비죤

118. 파나마 / 빠나마

119. 파리 / 빠리

120. 파리코뮌 / 빠리꼼뮨

121. 파쇼 / 파쑈

122. 팔레비 / 파흐라비

123. 페루 / 뻬루

124. 페르시아 / 페르샤

125. 포르투갈 / 뽀르뚜갈

126. 폴란드 / 뽈스까

127. 푸에르토리코 / 뿌에르또리꼬

128. 프로이센 / 프로씨아

129. 피사 / 삐사

130. 헝가리 / 마쟈르

131. 호메이니 / 코메이니

132. 흐루쇼프 / 흐루쑈브

8. 남과 북의 세계 여러 나라와 수도 이름 비교분석

(2017년 4월 현재)

박기석 교수가 제기한 202개의 나라(지역)와 수도(행정중심지)명 가운데서 북과 남이 똑같이 공통적으로 사용하는 것은 다음과 같다. 50개 약 25%. 여기서 남과 북은 제외하였다.

1. 가나 / 아크라
2. 가봉 / 리브르빌
3. 그리스 / 아테네
4. 나우루 / 야렌
5. 노르웨이 / 오슬로
6. 니제르 / 니아메
7. 도미니카 / 로조
8. 라오스 / 비엔티안
9. 레소토 / 마세루
10. 말리 / 바마코
11. 모리셔스 / 포트루이스
12. 미크로네시아 / 팔리키르
13. 바누아투 / 포트빌라
14. 바레인 / 마나마
15. 부룬디 / 부줌부라

16. 부탄 / 팀푸

17. 브라질 / 브라질리아

18. 사모아 / 아피아

19. 사우디아라비아 / 리야드

20. 솔로몬제도 / 호니아라

21. 수단 / 하르툼

22. 수리남 / 파라마리보

23. 스위스 / 베른

24. 슬로베니아 / 류블랴나

25. 싱가포르 / 싱가포르

26. 아일랜드 / 더블린

27. 아프가니스탄 / 카불

28. 알바니아 / 티라나

29. 앙골라 / 루안다

30. 에리트레아 / 아스마라

31. 에티오피아 / 아디스아바바

32. 영국 / 런던

33. 예멘 / 사나

34. 요르단 / 암만

35. 우간다 / 캄팔라

36. 웨일즈 / 카디프

37. 이라크 / 바그다드

38. 이란 / 테헤란

39. 잠비아 / 루사카

40. 중앙아프리카 / 방기

41. 중화인민북 / 베이징

42. 지부티 / 지부티

43. 짐바브웨 / 하라레

44. 쿠웨이트 / 쿠웨이트

45. 통가 / 누쿠알로파

46. 투발루 / 푸나푸티

47. 파키스탄 / 이슬라마바드

48. 피지 / 수바

49. 핀란드 / 헬싱키

50. 필리핀 / 마닐라

〈나라(지역)명에서 남과 북이 공통적으로 사용하는 것(87개, 43%)〉

1. 가나

2. 가봉

3. 가이아나

4. 감비아

5. 그리스

6. 나미비아

7. 나우루

8. 남아프리카

9. 네팔

10. 노르웨이

11. 뉴질랜드

12. 니제르

13. 도미니카

14. 라오스

15. 레바논

16. 레소토

17. 르완다

18. 리비아

19. 리히텐슈타인

20. 마셜제도

21. 말라위

22. 말레이시아

23. 말리

24. 모리셔스

25. 몬테네그로

26. 몰도바

27. 몽골

28. 미국

29. 미크로네시아

30. 바누아투

31. 바레인

32. 바하마

33. 베네수엘라

34. 볼리비아

35. 부룬디

36. 부탄

37. 브라질

38. 사모아

39. 사우디아라비아

40. 사하라

41. 세네갈

42. 소말리아

43. 솔로몬제도

44. 수단

45. 수리남

46. 스리랑카

47. 스위스

48. 슬로베니아

49. 싱가포르

50. 아일랜드

51. 아프가니스탄

52. 안도라

53. 알바니아

54. 알제리

55. 앙골라

56. 에리트레아

57. 에티오피아

58. 영국

59. 예멘

60. 오만

61. 오스트리아

62. 온두라스

63. 요르단

64. 우간다

65. 우루과이

66. 우크라이나

67. 웨일즈

68. 이라크

69. 이란

70. 이스라엘

71. 인도네시아

72. 일본

73. 잠비아

74. 중앙아프리카

75. 중화인민북

76. 지부티

77. 짐바브웨

78. 칠레

79. 쿠웨이트

80. 탄자니아

81. 통가

82. 투발루

83. 파키스탄

84. 프랑스

85. 피지

86. 핀란드

87. 필리핀

〈나라(지역)명이 서로 다른 것(115개, 57%, 남 /북)〉

1. 과테말라 / 과떼말라

2. 그레나다 / 그레네이더

3. 기니 / 기네

4. 기니비사우 / 기네비싸우

5. 나고르노카라바흐 / (표기 없음)

6. 나이지리아 / 나이제리아

7. 남수단 / 남부수단

8. 남오세티야 / 남부오쎄찌야

9. 네덜란드 / 네데를란드

10. 니카라과 / 니까라과

11. 덴마크 / 단마르크

12. 도미니카북 / 도미니까

13. 독일 / 도이췰란드

14. 동티모르 / 동부띠모르

15. 라이베리아 / 리베리아

16. 라트비아 / 라뜨비아

17. 러시아 / 로씨야

18. 루마니아 / 로므니아

19. 룩셈부르크 / 룩셈부르그

20. 리투아니아 / 리뜨바

21. 마다가스카르 / 마다가스까르

22. 마케도니아 / 마께도니아

23. 멕시코 / 메히꼬

24. 모나코 / 모나꼬

25. 모로코 / 마로끄

26. 모리타니 / 모리따니

27. 모잠비크 / 모잠비끄

28. 몰디브 / 말디브제도

29. 몰타 / 말따

30. 미얀마 / 먄마

31. 바베이도스 / 바베이도즈

32. 바티칸시국 / 바띠까노

33. 방글라데시 / 방글라데슈

34. 베냉 / 베닌

35. 베트남 / 웰남

36. 벨기에 / 벨지끄

37. 벨라루스 / 벨라루씨

38. 벨리즈 / 벨리즈

39. 보스니아 헤르체고비나 / 보스니아 헤르쩨고비나

40. 보츠와나 / 보쯔와나

41. 부르키나파소 / 부르끼나파쏘

42. 북키프로스 / 끼쁘로스

43. 불가리아 / 벌가리아

44. 브루나이 / 브루네이

45. 산마리노 / 싼 마리노

46. 상투메 프린서페 / 산토메 프린시페

47. 세르비아 / 쓰르비아

48. 세이셸 / 세이쉘

49. 세인트루시아 / 쎄인트루씨아

50. 세인트빈센트 그레나딘 / 쎈트빈쎈트 그레너딘즈

51. 세인트키츠 네비스 / 쎈트키츠네비스

52. 소말릴란드 / (표기 없음)

53. 스와질란드 / 스워질랜드

54. 스웨덴 / 스웨리예

55. 스페인 / 에스빠냐

56. 슬로바키아 / 슬로벤스꼬

57. 시리아 / 수리아

58. 시에라리온 / 시에라레온

59. 아랍에미리트 / 아랍추장국련방

60. 아르메니아 / 아르메니야

61. 아르헨티나 / 아르헨띠나

62. 아이슬란드 / 이슬란드

63. 아이티 / 아이띠

64. 아제르바이잔 / 아제르바이쟌

65. 압하스 / (표기 없음)

66. 앤티가 바부다 / 안티구아 바부다

67. 에스토니아 / 에스또니아

68. 에콰도르 / 에꽈도르

69. 엘살바도르 / 엘 쌀바도르

70. 오스트레일리아 / 오스트랄리아

71. 우즈베키스탄 / 우즈베끼스딴

72. 이집트 / 에집트

73. 이탈리아 / 이딸리아

74. 인도 / 인디아

75. 자메이카 / 져메이커

76. 적도기니 / 적도기네

77. 죠지아 / 그루지야

78. 중화민국 / 중국 대북

79. 차드 / 챠드

80. 체코 / 체스꼬

81. 카메룬 / 까메룬

82. 카보베르데 / (표기 없음)

83. 카자흐스탄 / 까자흐스딴

84. 카타르 / 까타르

85. 캄보디아 / 캄보쟈

86. 캐나다 / 카나다

87. 케냐 / 케니아

88. 코모로 / 꼬모르

89. 코소보 / 꼬쏘보

90. 코스타리카 / 꼬스따리까

91. 코트디부아르 / 꼬뜨디봐르

92. 콜롬비아 / 꼴롬비아

93. 콩고북 / 꽁고

94. 콩고민주북 / 민주꽁고

95. 쿠바 / 꾸바

96. 크로아티아 / 흐르바쯔까

97. 키르기스스탄 / 끼르기즈스딴

98. 키리바시 / 키리바티

99. 키프로스 / 끼쁘로스

100. 태국 / 타이

101. 타지키스탄 / 따쥐끼스딴

102. 터키 / 뛰르끼예

103. 토고 / 또고

104. 투르크메니스탄 / 뚜르크메니스딴

105. 튀니지 / 뜌니지

106. 트란스니스트리아 / (표기 없음)

107. 트리니다드 토바고 / 트리니대드 토바고

108. 파나마 / 빠나마

109. 파라과이 / 빠라과이

110. 파푸아뉴기니 / 파푸아 뉴기니아

111. 팔라우 / (표기 없음)

112. 팔레스타인 / 팔레스티나

113. 페루 / 뻬루

114. 포르투갈 / 뽀르뚜갈

115. 폴란드 / 뽈스까

박기석 교수가 제기한 수도(행정중심지)의 총수는 207개이다. 나라 수 202개와 차이나는 것은 남아프리카, 볼리비아, 스웨리예(스웨덴)에서 입법수도, 행정수도 등을 따로 설정하였기 때문이다. 팔레스티나의 경우도 실질적인 수도(라말라흐)와 정치적 목표로서의 수도(예루살렘)를 다 표기하였다.

〈수도(행정중심지)명에서 북과 남이 공통적으로 사용하는 것(103개, 약 50%)〉

1. 아크라
2. 리브르빌
3. 아테네
4. 야렌
5. 케이프타운(립법)
6. 암스테르담
7. 오슬로
8. 니아메
9. 마나과
10. 로조
11. 베를린
12. 딜리
13. 비엔티안
14. 몬로비아

15. 리가
16. 모스크바
17. 마세루
18. 트리폴리
19. 바마코
20. 라바트
21. 포트루이스
22. 말레
23. 팔리키르
24. 포트빌라
25. 마나마
26. 브리지타운
27. 다카
28. 하노이
29. 민스크
30. 벨모판
31. 가보로네
32. 부줌부라
33. 와가두구
34. 팀푸
35. 니코시아
36. 브라질리아
37. 아피아

38. 리야드

39. 베오그라드

40. 빅토리아

41. 킹스타운

42. 바스테르

43. 하르게이사

44. 호니아라

45. 하르툼

46. 파라마리보

47. 음바바네

48. 로밤바

49. 스톡홀름

50. 베른

51. 마드리드

52. 류블랴나

53. 프리타운

54. 싱가포르

55. 아부다비

56. 예레반

57. 부에노스아이레스

58. 레이캬비크

59. 더블린

60. 카불

61. 티라나

62. 루안다

63. 아스마라

64. 아디스아바바

65. 런던

66. 사나

67. 암만

68. 캄팔라

69. 카디프

70. 바그다드

71. 테헤란

72. 예루살렘

73. 로마

74. 뉴델리

75. 루사카

76. 말라보

77. 방기

78. 베이징

79. 지부티

80. 하라레

81. 야운데

82. 도하

83. 오타와

84. 나이로비

85. 모로니

86. 브라자빌

87. 킨샤사

88. 아바나

89. 쿠웨이트

90. 자그레브

91. 타라와

92. 니코시아

93. 두샨베

94. 로메

95. 누쿠알로파

96. 푸나푸티

97. 포트오브스페인

98. 이슬라마바드

99. 예루살렘

100. 리마

101. 수바

102. 헬싱키

103. 마닐라

〈수도(행정중심지) 표기에서 북과 남이 서로 차이나는 것(105개, 약 50%)〉

1. 조지타운 / 죠지타운
2. 반줄 / 반쥴
3. 과테말라 / 과떼말라
4. 세인트조지스 / 쎄인트 죠지스
5. 코나크리 / 꼬나크리
6. 비사우 / 비싸우
7. 스테파나케르트 / (불분명)
8. 빈트후크 / 윈드후크
9. 아부자 / 아부쟈
10. 주바 / 쥬바
11. 프리토리아 / 프레토리아
12. 블룸폰테인 / 블룸폰태인
13. 츠힌발리 / 쯔힌발리
14. 카트만두 / 까뜨만두
15. 웰링턴 / 웰링톤
16. 코펜하겐 / 쾨벤하븐
17. 산토도밍고 / 싼또 도민고
18. 베이루트 / 바이루트
19. 부쿠레슈티 / 부꾸레슈띠
20. 룩셈부르크 / 룩셈부르그
21. 키갈리 / 끼갈리

22. 빌뉴스 / 윌뉴스

23. 파두츠 / 바두쯔

24. 안타나나리보 / 안따나나리보

25. 마주로 / 마쥬로

26. 스코페 / 스꼬삐에

27. 릴롱궤 / 리롱웨

28. 쿠알라룸푸르 / 꾸알라룸뿌르

29. 멕시코시티 / 메히꼬

30. 모나코 / 모나꼬

31. 누악쇼트 / 누악쇼뜨

32. 마푸투 / 마뿌또

33. 포드고리차 /

34. 키시너우 / 끼쉬뇨브

35. 발레타 / 왈레따

36. 울란바토르 / 울란바따르

37. 워싱턴 D.C. / 워싱톤

38. 네피도 / 네이삐도

39. 바티칸 / 바띠까노

40. 나소 / 나쏘

41. 포르토노보 / 뽀르또노보

42. 카라카스 / 까라까스

43. 브뤼셀 / 브류쎌

44. 사라예보 / 싸라예보

45. 수크레 / 쑤끄레

46. 라파스 / 라빠스

47. 소피아 / 쏘피아

48. 반다르스리브가완 / 반다르세리 베가완

49. 엘아이운 / 엘아윤

50. 산마리노 / 싼마리노

51. 상투메 / 산토메

52. 다카르 / 다까르

53. 캐스트리스 / 카스트리스

54. 모가디슈 / 모가디쇼

55. 스리쟈야와르데네푸라 / 스리 쟈야와르 데네푸라코테

56. 브라티슬라바 / 브라찌슬라바

57. 디마스쿠스 / 디마스꾸

58. 포르토프랭스 / 뽀르또쁘랭스

59. 바쿠 / 바꾸

60. 안도라라베야 / 안도라라벨라

61. 알제 / 알좌자이르

62. 수후미 / 쑤후미

63. 세인트존스 / 쎈트 죤스

64. 탈린 / 딸린

65. 키토 / 끼또

66. 산살바도르 / 싼쌀바도르

67. 무스카트 / 마스까트

68. 캔버라 / 캔베라

69. 비엔나 / 윈

70. 테구시갈파 / 떼구시갈빠

71. 몬테비데오 / 몬떼비데오

72. 타슈켄트 / 따슈껜뜨

73. 키예프 / 끼예브

74. 카이로 / 까히라

75. 자카르타 / 쟈까르따

76. 도쿄 / 도꾜

77. 킹스턴 / 킹스톤

78. 트빌리시 / 뜨빌리씨

79. 타이베이 / 대북

80. 은자메나 / 느쟈메나

81. 프라하 / 쁘라하

82. 산티아고 / 싼띠아고

83. 프라이아 / (불분명)

84. 아스타나 / 아스따나

85. 프놈펜 / 프놈뻬

86. 프리슈티나 / 쁘리슈띠나

87. 산호세 / 싼 호쎄

88. 야무수크로 / 야무쑤끄로

89. 보고타 / 보고따

90. 비슈케크 / 비슈께크

91. 방콕 / 방코크

92. 도도마 / (불분명)

93. 앙카라 / 앙까라

94. 아슈하바트 / 아슈가바뜨

95. 튀니스 / 뜌니스

96. 티라스폴 / (불분명)

97. 파나마 / 빠나마

98. 아순시온 / 아쑨씨온

99. 포트모르즈비 / 포트모레스비

100. 멜레케오크 / (불분명)

101. 라말라 / 라말라흐

102. 리스본 / 리스봉

103. 바르샤바 / 와르샤와

104. 파리 / 빠리

105. 예루살렘 / 꾸드스

상상 외로 외국지명 표기에서 공통점이 많은 것은 참으로 다행스러운 일이다. 남과 북 사이의 외국지명표기가 차이나는 것은 그 표기방식이 다르기 때문이다.

무엇보다 먼저 북에서는 해당 나라 사람들이 자기 나라와 수도를 부르는 방식을 존중하여 표기하였다면 남에서는 전적으로 영어식 표기에 의거하였다.

> 뛰르끼예(북) / 터키(남)
> 마쟈르(북) / 헝가리(남)
> 수리아(북) / 시리아(남)

다음으로 북에서 해당 나라의 어음에 최대한 접근하는 방식을 취하였다면 남에서는 순전히 영어식 표기에 의거하였다. 북에서 영어권을 제외한 나라들의 지명표기에서 주로 된소리를 사용하였다면 남에서는 거센소리를 위주로 사용하였다.

> 과떼말라(북) / 과테말라(남)
> 까뜨만두(북) / 카트만두(남)
> 꾸알라룸뿌르(북) / 쿠알라룸푸르(남)

우리 말 어음으로 정확히 표기하기 힘든 'v-모음'의 중간음에 대하여 북에서는 'ㅇ'로 표기하고 남에서는 'ㅂ'로 표기한 데서 차이가 발생한다. 북에서 '울라지미르 뿌찐', '울라지보스또크'라고 하는 것을 남에서 '불라디미르 푸틴', '불라디보스토크'라고 하는 것이 그 실례이다.

> 윈드후크(북) / 빈트후크(남)
> 왈레따(북) / 발레타(남)

한편 북에서는 형태전사 즉 글자의 표준발음을 살려 쓰는 방식을 취할 때 남에서 어음전사 즉 실지 나타나는 발음위주의 표기방식을 취하여 차이나기도 한다.

오스트랄리아(북) / 오스트레일리아(남)
킹스톤(북) / 킹스턴(남)
웰링톤(북) / 웰링턴(남)

중국지명의 경우에는 북에서 북한자음을 쓰고 남에서는 현지 언어 발음을 그대로 쓴다. ('베이징' 제외)

대북(북) / 타이베이

정치적인 이유도 있다. 북에서는 대만을 중화인민공화국의 불가분리의 영토로 인정하므로 '중화민국'을 사용하지 않으며 이스라엘의 영토팽창을 반대하는 문제로부터 그 수도를 '예루살렘'으로 인정한 적이 없고 '텔 아비브'를 행정중심지로 지도에 표기하였다.

9. 최근 북에서 새롭게 다듬은 단어들

〈식료품 및 요리〉

본래말(비규범어)	다듬은 말
가두배추찬국	양배추랭국
가락쩨리	가락단묵
간장라면	간장즉석국수
간유쩨리	간유단묵
감분국수	감자농마국수
감자스프	감자국
감자크림국	크림감자국
감자빠이	감자튀기
강계국수	느릅쟁이국수
강냉이기름	옥쌀기름
건~	마른, 말린
건고구마튀기	마른고구마튀기
건고추	마른고추
건낙지	마른낙지
건두부	마른두부
건면	마른국수
건미역	마른미역
건바나나	마른바나나
건조개살	마른조개살
건참나무버섯	마른참나무버섯
건태	마른명태

본래말(비규범어)	다듬은 말
건태자반	명태자반
건포도	마른포도
건포도빵	마른포도빵
건안주	마른안주
건열매	마른열매
고기찜만두	찐고기만두
고단우유가루	우유가루
고추장아찌	고추장절임
고항	(흰쌀)밥
고뿌라면	즉석국수
고뿌쩨리	단묵
고이노사시미	잉어회
교반	비빔밥
국수면	국수
군육만두	군고기만두
굴사시미	굴회
귤쥬스	귤단물
귤카라멜	귤기름사탕
귤쩨리	귤단묵
기꼬만간장	간장(일본식)
김치라면	김치즉석국수
김와사비튀기	김매운냉이튀기
개갈비찜	단고기갈비찜

본래말(비규범어)	다듬은 말
개고기	단고기
개고기국	단고기국
개고기장	단고기장
개구리기름	하늘닭기름
개명태	짝태, 짝명태, 짜개명태
게그라당	게접시로구이
계란	닭알
계란각빵	닭알각빵
계란겹빵	닭알겹빵
계란공기찜	닭알공기찜
계란국밥	닭알국밥
계란기름구이빵	닭알기름구이빵
계란과자	닭알과자
계란노란장	닭알노란장
계란랭채	닭알랭채
계란말이볶음밥	닭알말이볶음밥
계란말이비빔밥	닭알말이비빔밥
계란말이	닭알말이
계란말이밥	닭알말이밥
계란밥	닭알밥
계란볶음밥	닭알볶음밥
계란슈크림	크림소빵, 슈크림
계란쓰시	닭알초밥

본래말(비규범어)	다듬은 말
계란장졸임	닭알장졸임
계란죽	닭알죽
계란즙찜	닭알즙찜
계란지짐	닭알지짐
계란케키	닭알과자
계란빠다우유지짐	닭알빠다우유지짐
계란빵	닭알빵
계란쌈밥	닭알씌움밥
계란씌운밥	닭알씌움밥
계란알튀기	닭알튀기
계란우유과자	닭알우유과자
계잡브	도마도양념장
계적	닭구이
계증	닭찜
계초	닭고기볶음
과일케이크	과일과자
과일쨈	과일단졸임, 과일졸임
과일쨈겹과자	과일단졸임겹과자
과일쩨리	과일단묵
곽채	미역나물
곽탕	미역국
낙지뎀뿌라	낙지기름튀기
낙지철판	낙지철판구이

본래말(비규범어)	다듬은 말
낙지꼬치	낙지꼬치구이
남새뎀뿌라	남새기름튀기
남새합성	종합남새
녹두묵	록두묵
녹두묵랭국	록두묵랭국
녹두묵랭채	록두묵랭채
녹두묵무침	록두묵무침
녹두묵섞음채	록두묵섞음채
녹두묵종합랭채	록두묵종합랭채
녹두묵찬탕	록두묵찬탕
녹두묵국	록두묵국
누렁지맛튀기	누룽지맛튀기
다꾸앙	겨절임무우
단묵쩨리	단묵
닭고기구이	닭구이
닭고기크림스프	닭고기크림국
닭고기쏘스곰	닭쏘스곰
닭고기오풍구이	닭고기로구이
닭다시다가루	닭고기맛가루
닭당면국	닭고기분탕국
닭도리탕	닭토막탕
닭두	닭대가리
닭미역국	닭고기미역국

본래말(비규범어)	다듬은 말
닭밀쌈	닭고기밀쌈
닭버섯국	닭고기버섯국
닭볶음	닭고기볶음
닭볶음밥	닭고기볶음밥
닭배추국	닭고기배추국
닭자리	닭구이
닭청포랭채	닭고기청포랭채
닭똥집볶음	닭위볶음
닭쏘스졸임	닭고기쏘스졸임
닭쏘스즙구이	닭고기쏘스구이
닭알칼파스볶음	닭알꼴바싸볶음
닭알케키	닭알과자
닭알육밥	닭알고기밥
닭오이랭채	닭고기오이랭채
닭완자국	닭고기완자국
당면	분탕
당면랭채	분탕랭채
당면잡채볶음	분탕잡채
당추파이구	단초즙친돼지갈비튀기
더운라면	더운즉석국수
두부철판	두부철판구이
도로사시미	다랑어회
도마도계잡브	도마도양념장

본래말(비규범어)	다듬은 말
도마도소고기스빠게띠	소고기도마도스빠게띠
도마도스프	도마도국
도마도즙친돼지튀기	도마도즙친돼지고기튀기
도마도쏘스친낙지볶음	도마도쏘스낙지볶음
도마도우동쏘스볶음	도마도쏘스우동볶음
도미전유어	도미전
돈가쯔	돼지고기빵가루튀기
돈갈비장과	돼지갈비장과
돈갈비햄	돼지갈비햄
돈고기버섯볶음	돼지고기버섯볶음
돈군편육	구운돼지고기편육
돈귀	돼지귀
돈두	돼지대가리
돈두보쌈	돼지대가리보쌈
돈매운초	돼지고기매운초볶음
돈발쪽붉은찜	돼지발쪽붉은찜
돈부리	고기밥
돈실졸임	채진돼지고기졸임
돈전	돼지고기전(지짐)
돈족	돼지발쪽
돈족찜	돼지발쪽찜
돈카트레트	돼지고기빵가루튀기
돈까즈	돼지고기빵가루튀기

266

본래말(비규범어)	다듬은 말
돈꼬리	돼지꼬리
돈꼬치	돼지고기꼬치구이
돈완자튀기볶음	돼지고기완자튀기볶음
동태식혜	명태식혜
동아전	동과전
둥글파	양파
둥글파전	양파전
둥글파볶음	양파볶음
대구어편	대구살편
대맥	대동강맥주
대하적	왕새우구이
대하전유어	왕새우전
대하회	왕새우회
대합사시미	대합회
대합전유어	대합조개전
대합철판	대합철판구이
뎀뿌라	기름튀기
뎀뿌라소바	기름튀기메밀국수
뎀뿌라우동	기름튀기우동
된장라면	된장즉석국수
돼지볶음	돼지고기볶음
돼지고기내포탕	돼지내포탕
돼지고기세겹살불고기	돼지세겹살불고기

본래말(비규범어)	다듬은 말
돼지고기종합쎄트	돼지고기종합료리
돼지고추볶음	돼지고기고추볶음
돼지국밥	돼지고기국밥
돼지김치볶음	돼지고기김치볶음
돼지계란구이	돼지고기닭알구이
돼지남새볶음	돼지고기남새볶음
돼지두부국밥	돼지고기두부국밥
돼지땅콩볶음	돼지고기락화생볶음
돼지볶음	돼지고기볶음
돼지사자고추볶음	돼지고기사자고추볶음
돼지전골	돼지고기전골
돼지철판	돼지고기철판구이
돼지카레전골	돼지고기카레전골
돼지칼파스	돼지고기꼴바싸
돼지토막단졸임	돼지고기단졸임
돼지통졸임	돼지고기통졸임
돼지튀기풋고추즙볶음	돼지고기튀기풋고추즙볶음
돼지편육	돼지고기편육
돼지편육국밥	돼지고기편육국밥
돼지풋고추볶음	돼지고기풋고추볶음
돼지껍질칼파스	돼지가죽꼴바싸
돼지깨튀기	돼지고기깨튀기
돼지빵가루튀기	돼지고기빵가루튀기

268

본래말(비규범어)	다듬은 말
돼지옥파볶음	돼지고기양파볶음
라면	즉석국수
라면고추장볶음	즉석국수고추장볶음
라면국수	즉석국수
라면볶음	즉석국수볶음
라면상밥	즉석국수상밥
련근전	련뿌리전
련근채	련뿌리나물
련어회	연어회
련엽포	련잎쌈
련유	졸인젖
련유비스케트	졸인젖과자
로스구이	로구이
레몬향고기생선합성	고기생선레몬향종합랭채
랭동어	얼군물고기
마늘장아찌	마늘장절임
마마콩	락화생
말린탈피	마른명태, 껍질벗긴명태
명란알탕	명란탕
명란알밥	명태알밥, 명란밥
명태밸젓	창난젓
명태알젓	명란젓
무우장아찌	무우장절임

본래말(비규범어)	다듬은 말
미나리장아찌	미나리장절임
미노	소위덧살
미노구이	소위덧살구이
미노불고기	소위덧살불고기
민어전유어	민어전
밀전병	밀지짐
밀크가루	우유가루
밀크빙수	우유빙수
매운라면	매운즉석국수
매운닭고기탕	닭고기매운탕
매운맛해파리청포랭채	해파리청포매운랭채
매운오리고기탕	오리고기매운탕
매운떡볶음	떡매운볶음
메론드링크	향참외단물
바다풀	바다나물
바라과자	과자
바라사탕	사탕
반훈연칼파스	꼴바싸훈제
(돼지, 닭)발족	(돼지, 닭)발쪽
밥조개그라당	밥조개접시로구이
밭미나리	진채
별구	자라구이
별죽	자라죽

본래말(비규범어)	다듬은 말
별탕	자라탕
병탕	떡국
복숭아케키	복숭아과자
복초	전복볶음
봉지라면	봉지즉석국수
봉지쥬스	봉지단물
봉지쩨리	봉지단묵
부추	푸초
북어자반	마른명태자반
북어전유어	마른명태전
북어탕	마른명태국
북어포	마른명태포
분탕칼파스랭채	분탕꼴바싸랭채
비가	젖사탕
비빔면	비빔국수
비스케트	과자
비스케트우유과자	우유과자
비타민소다쥬스	비타민단물
비타민쥬스	비타민단물
비타민쩨리	비타민단묵
빈대떡	록두지짐
배숙	삶은배단물
백합고	나리설기떡

본래말(비규범어)	다듬은 말
백어전유어	뱅어전
뱀장어철판은지구이	뱀장어은지철판구이
사발라면	즉석국수
사시미	회, 생선회
사탕쩨리	단묵
산사죽	찔광이죽
산서병	마설기떡
산물고기대가리찜	생선대가리찜
산청	산꿀
산청꿀	산꿀
산채	산나물
삼계죽	인삼닭고기죽
삼계증	인삼닭찜
삼색카스	삼색단설기, 삼색카스테라
삼색케키	삼색과자
상추	부루
상화떡	쉬움떡
상황술	뽕나무혹버섯술
서여증	마찜
석수어적	조기구이
석탄병	감설기떡
석화김치	굴김치
석화전유어	굴전

본래말(비규범어)	다듬은 말
석화젓	굴젓
석화회	굴회
석이병	돌버섯설기떡
석이채	돌버섯나물
선어	생선
설탕	사탕가루
성백숙회	맛조개숙회
소간사시미	소간회
소고기갈비국	소갈비국
소고기계란까뜰레뜨	다진소고기구이
소고기당면국	소고기분탕국
소고기불고기	소불고기
소고기세겹살불고기	소세겹살불고기
소고기죽순볶음	소고기참대순볶음
소고기함박구이	다진소고기구이
소고기함박스	다진소고기구이, 다진소고기
소다수	탄산수, 탄산물
소당면국	소고기분탕국
소두볶음	소대가리고기볶음
소대창불고기	소밸불고기
소미노불고기	소위덧살불고기
소바	메밀국수
소볶음	소고기볶음

본래말(비규범어)	다듬은 말
소볶음밥	소고기볶음밥
소분탕	소고기분탕
소심장불고기	소염통불고기
소심장철판구이	소염통철판구이
소새우	작은새우
소오이랭채	소고기오이랭채
소우유과자	우유과자
소우유사탕	우유사탕
소육개장	육개장, 소고기매운탕
소육만두	소고기만두
소육회	소고기회
소육회비빔밥	소고기회비빔밥
소완자탕	소고기완자탕
소적	소고기적쇠구이
소전골	소고기전골
소천엽	소처녑무침
소철판	소고기철판구이
소칼파스	소고기꼴바싸
소토막찜	소고기토막찜
소튀기	소고기튀기
소팔초어회	낙지회
소편육국밥	소고기편육국밥
소풋고추볶음	소고기풋고추볶음

본래말(비규범어)	다듬은 말
소햄	소고기햄
소햄통졸임	소고기햄통졸임
소꼬치튀기	소고기꼬치튀기
속강유	좁쌀기름
송화다식	솔꽃가루다식
송이버섯그라당	송이버섯접시로구이
송이탕	송이버섯탕
수란	찐닭알
숙아채	콩나물채
숙아탕	콩나물국
술쎄트	술세트
스카레	카레즙
스파케티	스빠게띠
스프	국
스프가루	국가루
식탁염	정제소금(깨끗한 소금)
새우사시미	새우회
새우쓰시	새우초밥
새우깡	새우튀기
샌드위치	쌘드위치
생계란	생닭알
생선락화생매운초	생선락화생매운초볶음
생치전골	꿩고기전골

본래말(비규범어)	다듬은 말
생치졸임	꿩고기졸임
생치완자탕	꿩고기완자탕
자루소바	찬메밀국수
잣박산	잣과줄
장산적	약산적졸임
장아찌	장절임
저육적	돼지고기구이
저육초	돼지고기볶음
전병(과자)	바삭과자
전복전유어	전복전
전분	농마
절임고추	절인고추
점어구이	메기구이
점어전유어	메기전
젖갈	젓갈
죽순적	참대순구이
죽순증	참대순찜
죽순탕	참대순탕, 참대순국
죽순통졸임	참대순통졸임
죽순회	참대순회
죽실밥	참대열매밥
죽실죽	참대열매죽
쥬스	단물, 탄산단물

본래말(비규범어)	다듬은 말
쥬스가루	단물가루
증편	쉬움떡
쟁반	쟁반국수
쥐무우초침	봄무우초침
참조개김국	바스레기김국
창란젓	창난젓
청면장	띄운콩장
청밀탕	꿀사탕
청총탕	파국
청어알사시미	청어알회
청어알쓰시	청어알초밥
총계탕	파닭고기탕
총채	파나물
쵸코과자	쵸콜레트과자
쵸코레트	쵸콜레트
쵸코사탕	쵸콜레트사탕
쵸코파이	쵸콜레트겹빵, 쵸콜레트겹과자
쵸코외콩	쵸콜레트락화생
추류지	신즙친닭고기찜
치탕	꿩고기탕
치포	꿩고기포
칠면조유찜	칠면조고기튀기
카레고	카레가루

본래말(비규범어)	다듬은 말
카레라이스	카레밥
카스테라말이빵	말이카스테라, 말이단설기
칼파스	꼴바싸
칼파스계란볶음	꼴바싸닭알볶음
칼파스계란합성	꼴바싸닭알볶음
칼파스볶음	꼴바싸볶음
칼파스전	꼴바싸전
칼파스영양튀기	꼴바싸튀기
칼파스오이찜	꼴바싸오이찜
칼파스유란	꼴바싸지진닭알
칼피스소다	탄산칼피스
캬라멜	기름사탕
크림비스케트	크림과자
크림전병	크림바삭과자
케키(케이크)	과자, 빵
타조고기육회	타조고기회
타조대창볶음	타조밸볶음
타조철판	타조고기철판구이
타조칼파스볶음	타조고기꼴바싸볶음
타조육회	타조고기회
탄산쥬스	탄산단물
탈피	마른명태
탈피명태	마른명태, 껍질벗긴명태

본래말(비규범어)	다듬은 말
탕과류	당과류
토스토	구운빵
토화갱	맛조개국
토육탕	토끼고기탕
통계란튀기	닭알튀기
통쥬스	통단물
통락화생	락화생(통)
통소라해산물불구이	소라구이
파이내플흰즙무침	파이내플흰즙무침
파인애플	파이내플
팥밀크빙수	팥우유빙수
평양숭어국	대동강숭어국
포도케키	포도과자
풋고추장아찌	풋고추장절임
풋초	푸초
피자	삐짜
피자(삐짜)	삐짜
함박스	다진소고기구이, 다진소고기
함버거	햄버거
함버그겹빵	다진소고기소빵
향미장	향된장
홍고추	붉은고추
홍합초	섭조개볶음

본래말(비규범어)	다듬은 말
흘레브	식빵
해물청포찬탕	해산물청포찬탕
해물탕	해산물탕
해삼전유어	해삼전
해삼초	해삼볶음
해주교반	해주비빔밥
햄버그	햄버거
햄칼파스	햄, 꼴바싸
흰밥	흰쌀밥
흰쉬움떡	흰쌀쉬움떡
흰떡	흰쌀떡
화전	꽃지짐
화전병	고리바삭과자
황계찜	닭찜
까막조개국	가막조개국
까까오	에스키모
까까오졸인젓	코코아졸인젓
까까오에스키모	코코아에스키모
깍뚜기	깍두기
깡쥬스	통단물
깡통쥬스	통단물
깡꼴라	통코카콜라
깎두기	깍두기

본래말(비규범어)	다듬은 말
꿩자반	꿩고기자반
딸기쨈빵	딸기단졸임소빵
땅콩	락화생
땅콩강정	락화생강정
땅콩사탕	락화생사탕
떡장	떼장
뙤창세트	종합내포한상
뙤창탕	내포탕
빠다비스케트	빠다과자
쁘즈	고기소빵, 남새빵
삐쨔	삐짜
쌀기름	쌀겨기름
썩장	띄운콩
쏘스친칼파스	쏘스친꼴바싸
짜장	짜장면
쨈	단졸임
쨈과자	단졸임과자
쨈사탕	단졸임사탕
쨈속빵	단졸임소빵
쨈꽂빵	단졸임빵
쨈빵	단졸임빵
쩨리	단묵
쩨리꼬치사탕	꼬치단묵, 꼬치사탕

본래말(비규범어)	다듬은 말
알육쌈	닭알고기쌈
압중	오리찜
야돈편육	메돼지고기편
야사이뎀뿌라	남새기름튀기
야채	남새
야채지짐	남새지짐
양고기불고기	양불고기
양념고	덩이양념
양배추육쌈	양배추고기쌈
양뺄구이	쏘세지구이
양뺄순대	쏘세지
양뺄순대쏘스볶음	쏘세지쏘스볶음
양뺄쏘세지고추볶음	쏘세지고추볶음
양칼파스구이	양고기꼴바싸구이
양파링	양파튀기
양꼬치	양고기꼬치구이
어간장	물고기간장
어란포	물고기알포
연필쩨리	가락단묵
염명태	절인명태
염소고기불고기	염소불고기
염장	절임
염장무우	절인무우

본래말(비규범어)	다듬은 말
염이면수	절인이면수
영계적	병아리구이
영계탕	병아리탕
영계찜	병아리찜
오뎅	합성탕, 섞음탕
오리가슴철판	오리가슴살철판구이
오리고기불고기	오리불고기
오리두료리	오리대가리료리
오리볶음	오리고기볶음
오리족편랭묵	오리발쪽랭묵
오리철판	오리고기철판구이
오리똥집볶음	오리위볶음
오리육장	오리육개장
오렌지쥬스	오렌지단물
오화탕	무지개사탕
오꼬노미	종합지짐
오꼬시	강정
오이장아찌	오이장절임
옥수수사탕	강냉이사탕
옥수수온면	강냉이온면
옥춘탕	색구슬사탕
옥파	양파
온라면	더운즉석국수

본래말(비규범어)	다듬은 말
옴라이스	닭알볶음밥
요그르트	요구르트
요두채	두릅나물
요두회	두릅회
요깡	단묵
우가장	뼈찜, 설렁탕
우니	성게알젓
우니마끼	성게알김초밥
우니사시미	성게알회
우설졸임	소혀졸임
우설증	소혀찜
우설편육	소혀편
우유계란빵	우유닭알빵
운단	성게알젓
유과	기름꿀과자
유란	지진닭알
유란튀기	지진닭알
유린지	닭고기튀기
유첩	기름튀기
유아과자	어린이과자
육고기간장	고기간장
육고기종합구이	종합고기구이
육국수	고기국수

본래말(비규범어)	다듬은 말
육개우동	소고기우동
육류	고기
육류종합산적구이	종합고기산적구이
육만두	고기만두
육만두국밥	고기만두국밥
육전골	고기전골
육편	고기편
육회	고기회
육쌈	고기쌈
은대구국쎄트	은대구국상밥
이밥	흰쌀밥
인절미	찰떡
입쌀	흰쌀
입쌀강정	흰쌀강정
입쌀떡	흰쌀떡
애기문어무침	새끼문어무침
에쓰(s)소고기	소내심
에쓰(s)외척	소등심
에이(A)소고기	소외심
에이(A)외척	소등심
엔젤파이	쵸콜레트빵(과자)
의이죽	율무죽
오각탕	가막조개국

본래말(비규범어)	다듬은 말
와사비	매운냉이
완구과자	과자
완구사탕	사탕
완구쵸크	쵸콜레트
완구튀기과자	튀기과자
완구쩨리	단묵
왜콩	락화생
왜콩사탕	락화생사탕
왜콩안주	락화생안주

〈공업품〉

본래말(비규범어)	다듬은 말
가마시끼	받치개, 가마받치개
갓다샤쯔	반터침내의
강권척(철권척, 쇠권척)	도래자
갸자스카트	잔주름치마
건발기쎄트	건발기세트
게드랑이방습제	겨드랑이땀약
겨울마후라	겨울머리수건(목도리)
경대카바	경대보
고무원자	고무방석
구두헤라	구두술
구명부의	구명조끼
구홍	입술연지
그릇쎄트	그릇세트
그리프(그리쁘)	① 책꽂개, 종이끼우개 ② 머리말개
기름구홍	기름입술연지
기모상	털웃옷
기모카바	털덧양발
기모쎄타	넓은소매세타
기성녀바지	녀자바지
기성복	지은옷
기저기	기저귀
기저귀카바	기저귀빤쯔, 기저귀싸개

본래말(비규범어)	다듬은 말
게임(게무,겜)	전자오락
계산기(주머니용)	전자수판
광택구홍	광택입술연지
권척	도래자, 타래자
나프킨	앞수건
나프킨지	밥상종이, 식탁종이
낚시로라	(로라식)낚시기계
남T	남티샤쯔
남가죽	남가죽신
남기성	남지은옷
남긴상	남긴내의
남면T	남면티샤쯔
남반와이상	남반소매와이샤쯔
남비웃착	남자비웃(벌)
남착	남자옷(벌)
남춘착	남자봄내의(벌)
남평상착	남자옷(벌)
남하바지	남여름바지
남싼	남싼달
남양착	남자양복(벌)
남웃착	남자옷(벌)
남운착	남자운동복(벌)
납작코드	납작접속두

본래말(비규범어)	다듬은 말
녀가죽	녀가죽신
녀고급착	녀고급옷(벌)
녀내의착	녀내의(벌)
녀무릎 고리쎄트	코르세트
녀반그물착	녀반소매그물옷(벌)
녀반소매착	녀반소매옷(벌)
녀상	녀웃옷
녀스	녀스프링
녀실내착	녀실내옷(벌)
녀잠옷착	녀잠옷(벌)
녀카바	녀덧양말
녀투피스쎄타	녀세타
녀휴즈	녀운동신
녀독구리	녀목긴내의
녀싼다루	녀싼달
녀여름착	녀여름옷(벌)
녀이피착	녀두벌옷
녀의착	녀자옷(벌)
노트	학습장, 공책
노트콤	휴대용콤퓨터
노트형콤퓨터	휴대용콤퓨터
노텔	휴대용텔레비죤
눈등쎄트	눈등먹세트, 눈등분세트

본래말(비규범어)	다듬은 말
내의상	웃내의
내의하	아래내의
네마끼	잠옷
네키치프	목수건
다와시	솔, 가마솔
단복	체육복, 운동복
단판지	단판종이
단양말	짧은양말
담뿌라스위치	돌림스위치
도라이바	나사돌리개,나사틀개
도람	바닥수채
도로후끼	화장지우개
도레스	나리옷
도화책	그림종이(책)
도꾸리	목긴내의
도찌람프	가열기
독구리쎄타	목긴세타
돌착	돌생일옷(벌)
등산쎄트	등산도구세트
디지털사진기	수자식사진기
디지털카메라	수자식카메라
대가위	큰가위
대버치	큰버치

본래말(비규범어)	다듬은 말
대전지약	큰전지약
대접시	큰접시
대학생노트	대학생학습장
대학생착	대학생옷(벌), 대학생복
라이타	라이터
런닝그	런닝
로얄크림	영양크림
롬파스	매미옷
롱스카트	긴치마
루지	입술연지
룩스비누	세수비누(룩스)
림수틱	입술연지
레긴스	양말바지
레스착	레스옷(벌)
마다라스	깔개, 해면깔판
마스카라	속눈섭먹
마스카라연지	속눈섭먹
마후라	목도리, 머리수건
마싸지샴프	마싸지겔
마이깡	맞걸개
만능도라이바	만능나사돌리개
머리링그	머리고무줄
머리스프레	머리고착제

본래말(비규범어)	다듬은 말
머리토니크	머리영양물
머리찌크	덩이머리기름, 된머리기름
면도로숀	면도화장물
모니터	영상표시기
모발크림	머리크림
모시착	모시옷(벌)
모자마후라	모자달린머리수건
모카숟가락	차숟가락, 커피숟가락
목단지	나무단지
목독구리	목간내의
목절구	나무절구
목호크	깃채우개
몸샴프	몸샴푸
몽끼스파나	조절스파나
무릎고리쎄트	코르세트
무릎반도	무릎띠
무수	머리겔
무색구홍	무색입술연지
문건케스	서류철
문카텡	창가림(천)
물샤크	물바가지
물지	물종이
미안환데숀	미안크림분

본래말(비규범어)	다듬은 말
미안쎄트조	미안도구세트
미요대	몸매띠
민봉기	단추구멍재봉기, 단추구멍기계
메가폰	확성기
메모지	기록종이
바톤알	바드민톤공
바떼리	축전지
반도꾸리	반목간내의
반찬고	반창고
반팔샤쯔	반소매샤쯔
발목반도	발목띠
발착	발바지(벌)
발포코트	인조가죽털외투
발안마	발안마기, 발안마틀
밥상지	밥상종이, 식탁종이
밥상칼	나이프
밧도	어깨받치개
방석카바	방석씌우개
보링그착(보링착)	보링운동복(벌)
보온카바	보온덧양말
비데오테프	록화테프
비데오텔레비	록화텔레비죤
배비모	애기모자

293

본래말(비규범어)	다듬은 말
베개카바조	베개씌우개세트
4G메모리	USB기억기(4G)
사남천	남자사출천신발
4단4각	4단사각그릇
사도지	사도종이
사라	접시
4중코드	4중접속구
사진케스	사진첩
사까즈끼	술잔
살저가락	포크
삼각고리세트	삼각코르세트
삼피스	세벌옷
샴프	샴푸
상의	웃옷
샤와카바	목욕모자
서류케스	서류끼우개
선결박띠	선묶음띠
소가위	작은가위
소쟈크	작은쟈크
소학노트	소학생학습장
소향수	작은병향수
소열쇠	작은열쇠
속옷착	속옷(벌)

본래말(비규범어)	다듬은 말
손목반도	손목띠
손전화바떼리	손전화기축전지
수지심	수지연필심
수채화	수채화색감
스담프	도장판
스담프잉크	도장잉크
스뎅	불수강
스뎅그릇	불수강그릇
스레빠	방신, 끌신
스카트치마	양복치마
스피카나팔	고성기나팔
슬리프	잠옷
식탁지	밥상종이, 식탁종이
십자도라이바	십자형나사돌리개
색시이불	첫날이불
생활노트	생활총화수첩
세면비누	세수비누
세면수건	세수수건
세탁비누	빨래비누
셋트, 쎄트	세트
쟘바	쟘바
전구알	전구
전기히타	전열기

본래말(비규범어)	다듬은 말
절지	규격종이
접이식카텐	접이식문발
젖크림	밀크크림
종합구홍조	입술연지세트
종합코드	종합접속구
즙기류	집기류
청결행주	행주
춘추~	봄가을~
춘하옷	봄여름옷
출생선물옷	갓난애기옷
침대카바	침대보, 침대씌우개
카라오케용록음기	화면반주음악용록음기
카바	덧양말, 덧버선, 씌우개, 보
카트리지	캐트리쥐
카텐복스	창가림틀
카텐천	창가림천, 문보
코드	접속구
코투	코트
콘센트	접속구
콘프레샤	압축기
콤팍등	콤팍트등
케스	집, 함, 갑, 주머니, 씌우개
탁구채라바	탁구채라버

본래말(비규범어)	다듬은 말
테스타	만능전기측정기
팍스지	확스종이
펌프	뽐프
팔목반도	팔목띠
피아스카	분크림
호집개	서류매개, 문건매개
호스띠	호스조임띠
후라이판	지짐판, 볶음판
휴즈	운동신, 체육신
화병	꽃병
화장세트	화장품세트
빠찌	휘장
뿐찌	구멍뚫개
뿌로스위치	당김스위치
쁘로찌	브로치
삐아	분크림
싼다	연마절단기
싼다날	연마날, 절단날
쑈파	쏘파
쌍도라이바	쌍나사돌리개
씨디구동기	CD구동기
쎄트학용품조	학용품세트
쩝쩝이	맞접이

본래말(비규범어)	다듬은 말
야T샹	어린이티샤쯔
아녀구두	어린이녀자구두
아녀스	어린이녀자스프링
아내의	어린이내의
아단복	어린이체육복(운동복)
아도레스	나리옷
아독구리	아동목긴내의
아동나닌착	아동나닌옷(벌)
아동면내의착	아동면내의(벌)
아동멜착	아동멜끈바지(벌)
아동발착	아동발바지(벌)
아동벌착	아동옷(벌)
아동솜옷착(아솜착, 아솜옷착)	아동솜옷(벌)
아동스프링착(아스착)	아동스프링(벌)
아동착	아동옷(벌)
아동한벌	아동옷(벌)
아동휴즈	아동운동신(체육신)
아동뜨개착	아동뜨개옷(벌)
아동운착	아동운동복(벌)
아마후라	아동머리수건(목수건)
아바지	아동바지
아상	아동웃옷
아신	아동신

본래말(비규범어)	다듬은 말
아착	아동옷(벌)
아빤쯔	아동빤쯔
아싼	아동싼달
ACER콤퓨터	콤퓨터(ACER)
아웃착	어린이옷(벌)
아이라인	눈시울먹
이이샤도	눈등먹
아일라	눈시울먹
안다브라우스	치마속적삼
안타	목터침뜨개옷
안따웨어	속옷
압정(압정못)	누름못
어깨밧도	어깨받치개
5단구홍	5단입술연지
오리털착	오리털솜옷(벌)
오바르크재봉기	감침재봉기
오봉	쟁반, 다반, 차반, 원반
오피스착	다섯벌옷
오향분	오향가루
요포	담요, 모포
요지	이쑤시개
요오지	이쑤시개
우와기	양복저고리

본래말(비규범어)	다듬은 말
유모차	애기차
유지	기름종이
유치지	밥상종이
UPS	무정전축전기
유화구	유화색감
유쎄타	어린이세타
유아복	애기옷
유아신	애기신
유액크림	물크림, 우유기름크림
2G메모리	기억기(2G)
이불카바	이불덧씌우개
2칸초장	두칸초장그릇
이어링	귀고리
인가방	소학생가방
인남착	남소학생옷(벌)
인녀교복	녀소학생옷
인녀착	녀소학생옷(벌)
인민반교복	소학생옷
인멜가방	소학생멜가방
인즙	도장즙
입술구홍	입술연지
입술아일라	입술선먹
입지	입종이

본래말(비규범어)	다듬은 말
애기돌착	돌생일옷(벌)
애기욕조	애기목욕통
액정모니터	액정영상표시기
액체환데숀	물크림분
에프롱	앞치마, 행주치마
외칸초장	초장그릇
위생지	위생종이
원피스	달린옷
원형그릇세트	둥근그릇세트

〈차부속품〉

본래말(비규범어)	다듬은 말
가름대볼	조향가름대봉
가스케트	석면바킹
가정핀고정핀	가정핀고정쇠
가운다기아	중간축치차
고압호스	고압도관
곡축	크랑크축
곡축브링케스	크랑크축고정틀
곡축피대바퀴케스	크링크축피대바퀴씌우개
곡축뿌링	크랑크축피대바퀴
공기청정기주름관	공기거르개요소
균형추함	용수철균형추함
그늘판	해빛가리개
기름과물분리청정기	물분리거르개
기아	치차
관성차받침대	관성바퀴받침대
관통축	관통차축
난바	번호판
다다노	유압식기중기차
다미날	이움단자
다이닝카바	치차덮개
다이룻도	가로조향대
다이야지레대	바퀴지레대

302

본래말(비규범어)	다듬은 말
단향코드	한방향변
도라꾸링그	세로조향대
도레라	련결차
디스크브레끼	원판제동기
데르(등)	뒤(등)
데후	주전동장치
뒤다비자리쇠	기관위고정자리쇠
뒤실인다액	뒤제동액
뒤후교바킹	차동장치바킹
라제다	랭각기
라이또(등)	전조등
라이또방	반짐승용차
런축기방	크라치탑
로쁘	쇠바줄
롱구방	소형뻐스, 반짐소형뻐스
리데나	기름바킹
링그	가락지
링그기아	관성차치차
랭각기막기	랭각기가리개
레바	지레대
레베찡알	리베트알
마후라	배기관
머리부	기통머리

303

본래말(비규범어)	다듬은 말
무접점배전기	무접점점화배전기
문주머니	차문주머니
문열쇠걸개	차문열쇠걸개
문유리꼭지	문유리걸개
물배출코크	랭각수배출변
물집카바	물집덮개
물펌프바퀴	물뽐프피대바퀴
물씻개모다	물씻개구동전동기
물온도정감부	물온도수감부
물온도따찌크	물온도수감부
밋숑	변속기
메가네	구멍공구
메다방	계기판
멘바	차틀가름대
멘축	변속기1축치차
바데리	축전지
바데리보충액	축전지보충액
바떼리	축전지
바떼리꼭지	축전지꼭지
밤바	완충보호대
방향기	방향등
방향기데나	조향윕데나
변리데나	변기밀고무

본래말(비규범어)	다듬은 말
변속지레대	완충기받침대
변용수	변용수철
보링차	짐함차
보랭차	랭동차
보조판용수지지대	보조판용수철지지대
본네트	기관실덮개
부축상합치차	변속기주동치차
분리베아링케스	크라치베아링고정틀
분리베아링용수	크라치베아링용수철
분배축키	가스분배축키
브레끼	제동기
비스	나사못
비스못	나사못
배선	전기도선
배전기뚜껑	점화배전기뚜껑
베베루	주전동종동치차
사이도기아	반축치차
사이도브레끼	손제동기
속도점감기	속도수감부
손제동완	손제동기세트
수관조이개	랭각관조이개
수온다지크	물온도수감부
스단다	연유창고, 연유판매소

본래말(비규범어)	다듬은 말
스데쁘	발디디개
스리쁘	기통토시
스프링고무	판용수철고무
스프링쎈터볼트	용수철중심볼트
스피링토시	용수철토시
스따찡	시동돌리개
시다카바	기름통
시도	안장, 좌석
시동손돌리개	시동돌리개
시린다본체	제동기본체
자가네	자리쇠
자동하차호수	자동하차기도관
잡크고무	완충기고무
전동기	점화배전기전동축
전동축신축케스	추진축십자틀
전자조절기	전자식조절기
전조등코드	전조등접속구
전조등케스	전조등틀
전향케스	조향틀
조시치차	칼치차
조향카바	조향씌우개
조향원판	조향손잡이
죠크선	연료공급량조절선

본래말(비규범어)	다듬은 말
중력기펌프수리곽	중력기뽐프예비부속세트
쥬브	다이야쥬브
중력기	조향중력기
중력기호수	중력기도관
진공관	진공도관
진공관접수구	진공도관접속구
진공전조등	진공앞등
진공조절기	진공식조절기
제동수리함	제동기고무세트
제동스위치	제동단추
제동주실인다상통	제동주원통분배기
제동띠단	제동띠세트
제동띠라인카바	제동띠덮개
젠제레바	변속손잡이
차문뒤유리	차뒤문유리
추레라	반련결차
축빠이로쓰베아링	축로라굴음베아링
캄파스	다이야덧대기
콘데샤	축전기, 콘덴샤
콘테나	짐함
콘프	압축기
콤프	압축기
콤프관	압축기도관

본래말(비규범어)	다듬은 말
크라숑	나팔
크라치베아링케스완	크라치베아링세트
크라치삼바리	크라치누름삼바리
크라치실인다	크라치원통
크라치조절기	크라치간주조절기
크라치조절나사	크라치간주조절나사
크라치주실인다	크라치주원통
크라치후크	크라치마찰원판
통풍구	기관실통풍구
판용수받치개	판용수철받치개
판용수지지대	판용수철지지대
평행나사	평판용수철고정나사
페기관	페기가스도관
하부복수	바퀴원통나사틀개
하이덴카바	배전판덮개
한도루	운전대
호이루	바퀴원통
호이루복수	바퀴원통나사틀개
호일카바	바퀴원통씌우개
후레므	차틀
후쿠로보도	바퀴원통고정볼트
후쿠루나트	바퀴원통고정나트
후앙	송풍기날개

본래말(비규범어)	다듬은 말
후이루고정쇠	바퀴원통고정쇠
후이루나트	바퀴원통고정나트
후엔다	바퀴씌우개
흐라이르케스	관성차덮개
흐엔디고정철판	바퀴씌우개
흡배기관나사	흡배기관고정나사
핸돌	운전대
휘발유부자	휘발유통뛰우개
까또	유압식굴착기
깜빡이	방향신호등
뻐스수동펌프	연료흡상뽐프
뽀대고정틀	차체고정틀
삔봉	주전동축주동치차
삔용케스	주전동차축함
싸파리	승용차(고통과성)
쏘베르	유압식적재기
쑈크받침대	완충기받침대
쑈크볼	조향완충틀
쑈크완충고무	완충기고무
쎄루	시동전동기
쎄루모타	시동전동기
쪼인트고무	추진축고무
쪼인트십자축	자동차추진축

본래말(비규범어)	다듬은 말
쪼인트케스	추진축
찌링그쇠	잠칸열쇠
아스선	접지선
악스루	반축
안개등케스	안개등씌우개
앞면판	기관실앞면판
앞바퀴고정편	앞바퀴고정자리쇠
앞바퀴크라치	앞바퀴구동크라치
앞방향등케스	앞방향등틀
앞실인다고무	앞제동원통고무
앞초지	차앞유리
앞초쟈테	차앞유리테
앞카바	기관실앞덮개
연유전사면	연유전자변
연유탕크뜨개	연유통떠우개
열풍후항날개	열풍송풍기날개
우인다	앞유리
유압쟈끼호수	유압쟈끼도관
윤활유따지크	윤활유온도수감부, 윤활유압력수감부
2축케스	변속기종동축고정원판
인공시동손잡이자루	시동돌리개
1,2단동보치차쇼	변속기1,2단치차틀

310

본래말(비규범어)	다듬은 말
1,2단동보용수	변속기1,2단제지용수철
1,2단둥보기	변속기1,2단동기장치
1,2단미끄럼대	변속기1,2단미끄럼대
1,2단후크	변속기변속갈구리
엔징물배틀코그	기관랭각수배출변
엔징바킹조	기관바킹세트
엔징본체	기관본체
엔징스위치	기관시동단추
엔징앞다이자리쇠	기관앞고정자리쇠
예비다이야틀	예비다이야고정틀
외등코드	외등접속구

〈기타〉

본래말(비규범어)	다듬은 말
가전제품	가정용전기제품
겨눔못	조성
겨눔문	조문
경석	일반차
경선	선거경쟁
고객	손님, 사용자
공항	비행장, 항공역
~교	~다리
구갑	아흔돐, 90돐
구국방안	통일방안
국가졸업시험	졸업시험
기술서	해설서
기업인	기업가
객토작업	흙갈이
길경	도라지
년령	나이
뉴스	새 소식
늪가스	메탄가스
다라	버치
단고추	사자고추
도살공	고기가공공
동약	고려약

본래말(비규범어)	다듬은 말
동의학	고려의학
디자인	설계
디지털	수자식
대두박	콩깨묵
대죄	큰죄
데코딩	복호화
로그온	망등록, 망가입
로그인	망접속
리조	조선봉건왕조
리산가족	흩어진 가족
모드	방식
모델	모형
물갈이놀음	교체놀음
메뉴	차림표
메모리	기억기
메세지	통보문
매체	보도매체
바다풀	바다나물
바같온도	대기온도
복통	배아픔
~본	~그루
불야성	불야경
비디오	영상

본래말(비규범어)	다듬은 말
산청	산꿀
산채	산나물
삼, 대마	역삼
상담실	면담실, 대화실
상행	올리방향
상화떡	쉬움떡
상황버섯	뽕나무혹버섯
《샤만》 호	《서먼》 호
선어	생선
소건	말린것
소스	원천
속셈	암산
스케너	화상입력장치
시스템	체계
식탁염	깨끗한 소금
장겐뽀	가위주먹
전구알	전구
전분	농마
접지기	접는기계
조공	보조타격방향, 보조타격부문
종군위안부	일본군위안부
주공	주타격방향, 주타격부문
재탄	소성탄

본래말(비규범어)	다듬은 말
찬스	기회
천해양식	바다가양식
체크	검사
코딩	부호화, 프로그람작성
코스	주로, 경로
타바	묶음
테스트	시험
텍스트	본문
파일	화일
팍스	확스
팔갑	여든돞, 80돞
하행	내리방향
화장실	위생실
황기	단너삼
싸리피	싸리껍질
싸인	수표
쌀겨기름	쌀기름
씰로스	풀김치
아낙직경	내경
약치약	치담치약
어서 오십시요	어서 오십시오
열대메기	메기
오피스	사무

본래말(비규범어)	다듬은 말
유추	병아리
의례원	접대원
와크	수출입계획, 수출허가

10. 남과 북의 컴퓨터 자판에 나타난 차이점과 분석

인터넷 시대에 그 무엇보다도 통일해야 할 것은 남과 북의 컴퓨터 자판이다. 현재 남과 북의 컴퓨터 자판 위치를 비교해 본 결과 36.6%만 같을 뿐 65.4%가 다르다. 이런 형편에서 학생들을 비롯한 컴퓨터를 사용하는 인구가 점점 늘어나는 형편에서 컴퓨터 자판만큼은 그 무엇보다도 통일 이전에 시급히 해결해야 할 문제라고 하지 않을 수 없다.

북한 컴퓨터 자판

부록

1. 북한의 독특한 표현들

한편 남한 동포들이 이해하기 힘든 부분이 북에서 사용하는 언어가 때때로 포악하고 무지막지하다는 것이다. 그것은 북의 언어정책을 알면 쉽게 이해할 수 있는 문제이다. 즉 북에서는 "언어는 무기"라는 말을 자주 한다. 이 말은 김일성 주석이 제일 먼저 사용한 말이다[1] 따라서 그들은 말을 무기처럼 사용한다. 특히 원수(원쑤,적)들에 대해서 말을 할 때는 무지막지하게 말을 하는 것이 지극히 상식적이다. 아래에 인용한 논문의 한 구절이 그것을 증명하고 있다. '공산주의적인간의 언어생활규범에 대하여'라는 글에서 "원쑤에 대해서는 예리한 총칼로 되어야 하는 것이 공산주의적 인간의 언어생활이다"라고 밝히고

---

1) "언어는 민족을 이루는 공통성의 하나이며 나라의 과학과 기술을 발전시키는 힘 있는 무기이며 문화의 민족적 형식을 특징짓는 중요한 표징입니다"- 김일성저작집 25권, p.283.

있다.[2]

조선말대사전에서도 언어에 대한 뜻풀이를 "언어는 민족문제와 관련되고 국가적문제와 관련되어 있으며 사람들의 모든 생활과 밀접한 관계를 가지고 있는 사회현상의 하나. 민족을 이루는 공통성의 하나이며 나라의 과학과 기술을 발전시키는 힘있는 무기이며 문화의 민족적형식을 특징짓는 중요한 표징으로 된다."고 풀이하고 있다. 남쪽의 국어사전(민중 에센스 국어사전 제5판) 뜻풀이와 비교하면 ("음성 또는 문자를 수단으로 하여 사람의 사상 감정을 표현하고 의사를 전달하는 수단과 체계")참으로 판이하며 매우 정치적이고 철학적이라고 말하지 않을 수 없다.

언어를 총과 칼 같은 무기로 사용하고 있는 실례를 소개해 보겠다. 다음의 글은 2017년 10월 3일 화요일 로동신문 기사이다.

미국산 미친개들의 가증스러운 추태

요즘 **미국상전만** 쳐다보며 제 처지도 모르고 분주히 **들까부는** 남조선**괴뢰들**이 우리에게 또다시 도발을 걸었다. 우리 외무상이 유엔총회에서 미국의 **전쟁미치광이** 트럼프를 단죄하면서 한 연설을 악랄하게 걸고든 것이다.

더불어민주당패거리들은 우리가 ≪국제사회를 대상으로 협박≫하고 ≪평화를 위협≫하였다고 **터무니없이** 걸고들면서 나중에는 ≪사과≫해야 한다는 **넉두리질까지** 해댔다. ≪자유한국당≫을 비롯한 보수야당것들은 우리 외무상이 자위적핵억제력보유의 정당성을 주장한 데 대해 ≪억지와 **생**

---

2) 언어학론문집 6권, 남영희, 과학, 백과사전 출판사, 1985. p.18.

트집≫, ≪적반하장의 극치≫라고 **헐뜯으면서 입에 담지 못할 악담들을 마구 내뱉았다.**

트럼프가 유엔총회에서 우리 국가의 ≪완전파괴≫에 대해 **줴쳐댄 것은** 우리 민족은 물론 온 세계의 강력한 규탄을 자아내고 있다. 세계 여러 나라 수반들과 고위정객들, 외신들과 전문가들 지어 미국내에서까지 ≪유엔을 전쟁위협무대로 만든 망발≫, ≪가장 흉악한 연설≫, ≪불량배≫, **≪미치광이≫, ≪몽유병환자≫라는 비난과 조소의 목소리들이 몰방으로** 터져나오고 있다.

사실상 트럼프는 말폭탄이 아니라 핵폭탄에 **맞아 뒈져도** 할 소리가 없게 되어 있다. 이런 **늙다리미치광이의** 뒤나 씻어주며 그의 파수군 노릇을 하는 **괴뢰들이** 참으로 **꼴사납기 그지없다.**

(굵은 표기는 필자가)

목표가 클수록 시간에 대한 요구는 그만큼 높아지는 법이다. **하다면** 학습할 시간은 어디서 나오는 것인가. 생산이 **드바쁜 속에서도** 학습에서 모범을 보이고 있는 일군들과 종업원들은 신통히도 **본신혁명과업수행에서도, 학습열풍을 세차게 일으켰다.** 학습열풍으로 **끓어번지는** 속에 시간이 모자란다는 **타발은** 자취를 감추었다.

- 로동신문 2016년 12월 21일

항구적으로 **틀어쥐고나가야** 할 **전투적기치로 되고 있다.** 이것은 력사가 가르치는 철리이다. **사상을 기본으로 틀어쥐고,** 사회주의의 **본태와 위력, 원쑤에 대한 불타는 증오와 적개심을 만장약한 계급투사,** 천만군민('군대와 인민'이라는 뜻 - 필자 주)의 심장 북한에서의 일상생활 속에서의 입말(구어체)의 실례를 몇 가지만 들면 다음과 같다.

오랜만에 만났을 때의 인사말 : "그동안 앓지 않았습니까?" (그동안 안녕하셨습니까?)

새해 아침 인사말 : "새해를 축하합니다., "명절을 축하합니다" (새해 복 많이 받으십시오.)

전화를 받을 때 하는 말 : "어보쇼" (여보세요.)

통화를 마치면서 하는 말 : "전화 놓습니다." (전화 끊습니다.)

누군가를 부를 때 하는 말로 "영희 선생", "영황 선생"이라고 말한다. 남한처럼 "이 선생님", "김 선생님"이라고 좀처럼 부르지 않는다. 즉 '성'보다는 '이름'을 많이 불러 주기 때문에 때로는 상대방에 대해서 이름은 알지만 성이 무엇인지를 알지 못할 때도 있다. 특이한 것은 글말(문어체)에서도 좀처럼 "님"이라는 존칭어를 사용하지 않는다. 오직 북한의 최고지도자들에게만 그 말을 사용하는 것을 보게 된다.

그런가 하면 군인이나 당간부들에게 어떤 것을 칭찬하면 "당의 배려입니다"라고 말할 때가 많다. 즉 자신의 어떤 노력과 실력으로 그렇게 된 것이 아니고 자신은 부족하고 많이 모자라지만 국가와 당이 그런 혜택을 입혀 주었다는 뜻으로 말하는 것이다.

상점에 가서 물건을 사려고 찾는데 그 물건이 없을 때 직원이 손님에게 "손님 안 됐습니다"라고 말한다.

남한에서 "빨리 갑시다, 빨리 합시다"라는 말도 북에서는 "빨리 가자요, 빨리 하자요"라고 표현한다.

북에서는 숫자를 표시할 때 남에서처럼 천 단위로 넘어갈 때 쉼표(,)를 사용하지 않고 종종 한 칸을 띄워서 쓰는 경향이 있다. 즉 남에서는 "4,532" 이렇게 인쇄물에 보통 표기를 하지만 북에서는 천과 백 자리를 한 칸 띄워서 쓴다. "4 532"로 쓴다.

한편 남에는 있으나 북에는 없는 말들에 대해서 대부분의 사람들은 물론이고 젊은 대학생들도 이해를 하지 못하였다. 실례를 들자면 그 영역은 대부분이 시사용어와 외래어들이었다.

가격정체	비자	착불
기리다	셔틀외교	치킨게임
뉴스룸코너	싱크탱크	칼럼리스트
다중포석	온에어	콘텐츠
라운딩	옵션	택배
로드맵	인프라	톤다운
마스터카드	점진적	파트너
모멘텀	정례브리핑	포퓰리즘
물밑접촉	조인트 벤처	플랫폼

2. 북한땅의 이 모습 저 모습

평양 중구역에 있는 로동신문사의 전경이다. 앞에는 해방산 호텔이 있고 왼쪽으로 약 500m를 가면 김
일성광장이 나오고 오른쪽으로 약 300m를 가면 평양대극장이 나온다.

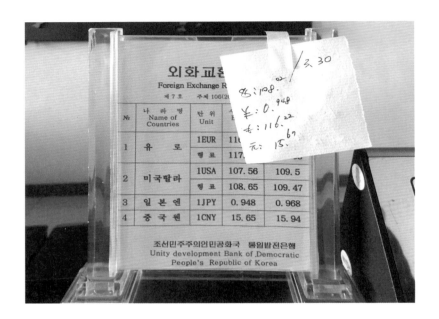

북한에는, 특히 평양에 가면 기본 통용화폐가 유로이다. 그러나 달러와 중국돈과 일본돈 그리고 내화(북한돈)도 함께 쓰인다. 그래서 환전소 앞에는 주기적으로 이렇게 가격을 표시하여 보여 주는 판이 있다.

2015년에 유행했던 구호이며 '죽어도 혁명신념 버리지 말자'는 노래도 있다. 그 가사를 간추려 소개하자면 "눈 속에 묻혀도 푸른 빛 잃지 않는 소나무처럼, 부셔져 가루돼도 흰빛을 잃지 않는 백옥처럼, 열백 번 불에 타도 곧음을 잃지 않는 참대처럼" 혁명 신념을 버리지 말고 충성하라는 북한주민들을 위한 정치선전문구이다.

어느 생산공장 작업실에 쓰인 문구이다. 북한에서의 백두산은 혁명의 요람지와 같은 특별한 의미를 가진다. 이 구호는 온갖 역경을 이겨내고 전진하자는 뜻을 담고 있다.

함경북도 어랑군 무계리에 있는 엄청나 게 큰 "무계호" 라는 호수가 있는데 그 앞에 있는 양어실험장
에 적힌 문구이다. 두 곳의 구호에서 보듯이 북한 주민들은 언제나 수령과 인민을 생각하면서 복무한
다는 정신이 담겨있다.

무계호 앞에 있는 휴식공간이다. 필자가 갔을 때 1주일 전에 소위임관을 한 초급군관(장교)들이 모여서 조촐한 동기 모임을 하고 있었다.

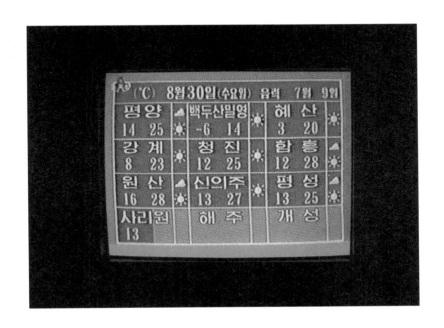

북한의 보도시간(뉴스시간)에는 보도를 마치면서 항상 이와 같이 전국의 날씨를 보여 준다.

필자가 함경북도 지역을 학술조사 하며 여행할 때 같이 다녔던 운전기사이다. 10년간 군사복무(군대생활)을 하고 제대한 군인으로 수영선수이며 노래솜씨가 대단하다.

함경북도 어랑군 어랑비행장에서 가까운 청진 기차역이다. 어랑비행장이 군비행장이라서 그런지 여기
에서 비행기를 타기 전에 탑승수속을 한다. 탑승수속을 마치면 버스로 이동하여 비행기에 오르게 된
다. 아래 사진은 승객을 비행장에서 실어 오고 실어 가는 버스.

필자가 평양 순안비행장에서 함경북도 칠보산 지역에 갈 때 이용했던 비행기로, 평양에서 비행시간은
약 1시간이며 화요일과 금요일 두 차례 운항한다.

평양대극장 앞마당에서 주민들이 모여서 국가행사를 하는 장면이다.

평양 중구역 오탄동의 길거리 모습. 평양 시내에는 곳곳에 이런 정치선전 구호판이 걸려 있다.

위와 아래의 사진은 최근에 개원한 류경안과종합병원 건물이다. 안과병원의 특색을 나타내기 위해서
건물의 벽에 시력을 측정할 때의 기호를 새겨 넣었다. 이 병원에는 어린아이들을 위한 공간이 있는데
아동심리를 감안하여 재미있는 그림들이 벽에 그려져 있다.

필자가 리발(이발)을 하러 간 곳에 걸려 있던 여러 형태의 머리 모형을 소개하는 사진이다. 북한에 가면 예전에 남한에서도 그렇게 했던 것처럼 기계를 잘 사용하지 않고 거의 가위로 이발을 하는데 그 기술이 얼마나 정교한지 정말 대단하다. 해외에 살고 있는 필자에게는 특별한 경험을 하는 시간이다. 해외에서는 이발하는데 걸리는 시간이 보통 10분인데(물론 허름한 이발관에 가기 때문인지 몰라도…) 여기서는 보통 1시간은 잡아야 한다. 더구나 면도까지 하는 시간도 계산해야 하니….

평양에 가면 여러 가지 새로운 것을 많이 경험하지만 출근시간에 맞춰서 신나는 음악과 함께 출근하는 사람들을 격려 응원하는 이런 모습을 보는 것은 참으로 특별하다. 어떤 때는 학생들로 구성된 취주악단이 출근하는 사람들을 위하여 음악을 연주한다. 여기는 평양대극장 앞마당인데, 로동신문사에서 오른쪽으로 돌아가면 있는 봉화역(지하철역을 북에서는 '지철'이라고 함)앞에 가면 종종 학생들의 취주악단을 보게 된다.

대동강변의 모습, 이른 새벽엔 수많은 사람들이 낚싯대를 드리우고 있는 것을 보게 된다. 가끔은 큰
고기를 잡는 사람도 있지만 대부분은 그냥 앉았다 가는 사람이 더 많다.

8.15 해방을 경축하는 평양의 거리 풍경.
남이나 북이나 해방을 기념하는 행사는 다 같이 소홀히 하지 않는 것 같다.

8.15 해방을 경축하는 평양의 거리의 여러 풍경들

마식령 스키장 입구에 있는 표지판, 평양에서 마식령 스키장까지는 자동차로 2시간 30분 정도 걸린다. 말도 가다가 고개가 험준해서 쉬었다 갔다는 마식령전설이 있는 것처럼 산을 넘고 넘어 도착하면 믿어지지 않을 정도로 현대식 건물의 호텔이 있고 밤이 되면 주변이 적막하여 하늘에 별들이 쏟아져 내릴듯이 영롱하게 보인다.

원산 시내에 있는 정치선전구호.

필자가 공동연구집필을 하고 있는 김일성종합대학이다. 이 사진은 1호 교사이다.

최근에 건축한 김일성종합대학의 3호 교사 앞에서 필자

평양비행장 입구의 전경, 평양비행장에도 국내선 청사와 국제선 청사가 나누어져 있다.

시내에서 평양비행장이나 묘향산에 갈 때 보게 되는 알림판이다.

손전화(휴대폰)에 요금을 넣을 때나 국제전화를 할 때 찾아가는 국제통신센터

평양 시내에 있는 정치선전구호판

세 탁 료 금

품 명	금 액 (외화원)	품 명	금 액 (외화원)
양복웃옷	252	양 말	70
양복바지	196	가습띠	70
치 마	168	넥타이	56
외 투	560	잠옷웃옷	98
코 트	392	잠옷바지	70
와이샤쯔	112	달린옷	280
조선치마저고리	196	목도리	98
조선치마	252	머리수건	112
속치마	84	세수수건	28
하 블	126	목욕수건	56
털장갑	70	손수건	28
장 갑	42	스프링	56
세 타	140	런 닝	42
겨울내의한벌	280	빤 쯔	70
춘추내의한벌	196	운동화	140
겨울무릎내의	100	솜옷(긴것)	420
춘추무릎내의	42	솜옷(짧은것)	280
실내복웃옷	112	타올포단	112
실내복바지	70	담 요	210

외국인 숙소에 있는 세탁요금표

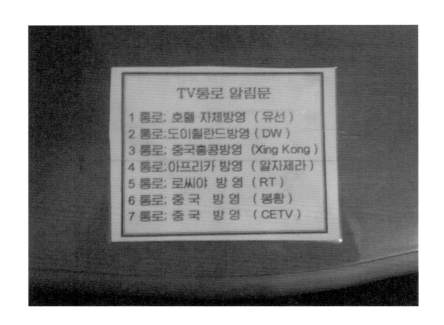

TV 채널(북에서는 '통로'라고 한다) 알림문(안내문)
이것은 호텔에 있는 안내문이며 보통은 하나 아니면 두 개의 채널이 있다.

필자가 함경북도 칠보산을 다녀올 때 이용했던 국내선 비행기

평양에서 원산에 갈 때 통과하는 무지개동굴(터널).
이 터널이 북한에서는 가장 긴 터널인데 그 길이가 장장 4km이다.

일찍이 1950년대에 뽈스까(폴란드)로 유학을 가서 세계적인 미술가(판화)로 이름 날린 고(故) 함창연 선생이 있다. 그는 유학을 마치고 북한으로 돌아와 평양미술대학에서 35년 간 후배 양성을 하였다. 어떤 기회에 함창연 화백의 작품세계에 대하여 조사연구하면서 함 선생의 가족(부인,딸, 아들)과 동료 교수와 후배 교수를 만나 몇 차례 인터뷰를 하였다. 이 사진은 그때의 사진이다.

동료 교수(김철강) 후배 교수(김영훈)

〈리발〉 함창연 1960년작 43.8*27.5

〈위〉담채콘테속사 〈삼지연읍 뒤산에서 본 백두산. 1968년작 함창연
〈아래〉먹속사 〈책상에 앉아 책을 보는 뒤모습〉 1960년작 함창연

356

연필속사 〈수건을 쓴 녀인〉 1973년작 함창연

평양 만수대 창작사에 걸려 있는 사진으로 서부 아프리카 세네갈에 북한 예술인들이 가서 2010년에 건립해 준 52m나 되는 대형 동상이다. 대서양을 향해 손을 뻗은 남성과 여성, 어린이의 모습이 있는데 남자의 머리 둘레에는 전망대 창문이 있어 관광객이 그 창문을 통하여 밖을 구경할 수 있다고 한다. '아프리카 르네상스(부흥)'라는 이름의 이 동상은 미국의 자유의 여신상보다 4m 정도 더 높다고한다.

학생소년궁전에 쓰여 있는 글귀

조선화를 그리는 소녀화가

음악실에 붙어 있는 표

학생소년궁전 공연무대

북한에서는 소학교(초등학교) 2학년부터 소년단에 가입하여 단체조직 생활을 시작한다. 이들이 인사를 하면서 말하는 구호는 "항상 준비!"이다.

"항상 준비!" 구호가 적힌 액자

중국 선양에서 북한 평양으로 갈 때 탑승구 앞에서 찍은 사진
선양에서 평양을 오가는 고려항공 편명이 "JS-156"이다. 필자는 이 비행기를 80번 가까이 탔다.

평양순안비행장 안에 있는 무관세매대(면세점)

김일성종합대학 문학대학 학장 신영호 선생과 함께

김일성종합대학 총장 겸 고등교육상(장관) 태형철 선생과 함께

김일성종합대학 창립 70돐 국제학술토론회에서 필자

2016년 9월 김일성종합대학 창립 70주년 기념 국제학술대회에서 필자가 논문을 발표하는 모습

공동연구 집필진(김철진, 박길만, 김영황, 박기석, 양영진)

105층 류경호텔 앞에서 필자

결혼식을 마친 북한의 신랑신부가 친지들과 함께

미림승마구락부를 방문하던 날 책임일군과 함께

평양시내 버스(련못동 — 평양역)

대학에 갔을 때 빌려 타는 승용차 '55'라는 숫자는 북한에서 교육기관의 차를 의미한다.

〈위〉남포 항구려관 정문, 〈아래〉련관방 열쇠

"독도는 우리 땅"이라는 뜻을 담은 그림

남포항 표지판

입/출국수속표
ENTRY/EXIT CARD

정자로 쓸것
FILL IN CLEARLY
IN ROME ALPHABET

통 행 검 사 소
IMMIGRATION CONTROL OFFICE

이 름   남 / 녀
Name in full _____ Sex M / F

난 날   국 적
Date of birth _____ Citizenship _____

민 족   동 반 자
Nationality _____ Accompanied by _____

려권종류와 번호
Passport type D/S/O No. _____

직장직위, 사는곳
Office and position,address _____

대표단이름, 목적지
Name of delegation.Destination _____

초 청 기 관
Invited by _____

체 류 지   체 류 기 간
Staying place _____ Staying period _____

날 자   수 표
Date _____ Signature _____

북한의 입출국수속표.
눈에 선 '난날'은 '생년월일', '수표'는 '서명'이다. 주소 대신 '사는 곳'을 적으라고 한 것도 북한식이다.